“成都教育丛书”编委会

成都教育丛书

树里树外

——和青年教师聊聊成长的那些事儿

SHU LI SHU WAI

— HE QINGNIAN JIAOSHI LIAOLIAO CHENGZHANG DE NAXIE SHI'ER

李红鸣 / 著

四川大学出版社

项目策划：梁 平 杨丽贤
责任编辑：杨 果
责任校对：孙滨蓉
封面设计：璞信文化
责任印制：王 炜

图书在版编目（CIP）数据

树里树外 ： 和青年教师聊聊成长的那些事儿 / 李红鸣著． — 成都 ： 四川大学出版社， 2020.9（2024.6 重印）
ISBN 978-7-5690-3898-9

Ⅰ．①树… Ⅱ．①李… Ⅲ．①随笔－作品集－中国－当代 Ⅳ．① I267.1

中国版本图书馆 CIP 数据核字 (2020) 第 189988 号

书名　树里树外——和青年教师聊聊成长的那些事儿

著　者	李红鸣
出　版	四川大学出版社
地　址	成都市一环路南一段 24 号（610065）
发　行	四川大学出版社
书　号	ISBN 978-7-5690-3898-9
印前制作	四川胜翔数码印务设计有限公司
印　刷	永清县晔盛亚胶印有限公司
成品尺寸	148mm×210mm
印　张	8.25
字　数	218 千字
版　次	2020 年 11 月第 1 版
印　次	2024 年 6 月第 2 次印刷
定　价	75.00 元

◆ 读者邮购本书，请与本社发行科联系。
电话：(028)85408408/(028)85401670/
(028)86408023　邮政编码：610065
◆ 本社图书如有印装质量问题，请寄回出版社调换。
◆ 网址：http://press.scu.edu.cn

四川大学出版社
微信公众号

成功之都
学有良教

丙申春书 顾明远
成都市教育局

“成都教育丛书”学术顾问顾明远2016年5月题于成都

“成都教育丛书”总序

成都是我国西部重镇，文化历史名城，历史悠久，人文荟萃。成都人历来重视教育，有建于二千一百多年前的文翁石室，也有21世纪以来建设的优质学校。新中国成立以后，特别是改革开放以来，成都教育有了巨大的发展，率先普及了九年义务教育，率先进入了教育相对均衡发展的行列，教育改革取得了丰硕成果。

为了记录成都教育改革发展的轨迹，总结成都教育改革和发展的经验和成果，体现成都教育的历史积淀，展示成都广大教育工作者的实践创新、典型经验和学术成就，成都市教育局正式启动“成都教育丛书”工程。这是一项有巨大意义的事件，它不仅记录了成都教育工作者辛勤劳动、取得巨大成就的足迹，而且丰富了教育学术宝库，为成都教育今后发展奠定可持续的基础，同时必将在全国教育界产生重大影响。

当前，我国教育正处于发展的关键时期。国家正在制定2030年全面实现教育现代化的规划。教育现代化主要体现在教育的全纳性、终身性、个性性、多样性、信息化、科学性、国际性、法治性等多个方面。坚持把立德树人作为教育的根本任务，培养具有社会责任心，有创新精神和实践能力，并具有国际视野的中国公民，关键是要树立现代教育的观念，树立“儿童第一”“教育第一”的理念，以改革创新为动力，建设现代学校制度，改革人才培养体制和方式。要继承我国优秀文化传统，充分吸收世界优秀文化成果，建设具有中国特色的社会主义教育现代化体系。

我与成都教育有不解之缘。早在20多年前的1996年，在我任中国教育学会副会长之时，就应成都市青羊区教育局之邀，参加了青羊区教育综合改革的论证会，中国教育学会又在青羊区召开过学校、家庭、社会三结合现场会。2001年我任中国教育学会会长以后，首先将青羊区作为中国教育学会的教改实验区，以后又将成华区纳入进来。自从20世纪90年代以来，我几乎每年都到成都。我到过青羊区、金牛区、锦江区、成华区、双流区、蒲江县，今年又到了青白江区。成都20多年来的教育改革和发展，可说我是真实的见证人。

“成都教育丛书”邀我作序，我觉得十分荣幸，就写上这几句，是为序。

2016年5月30日

注：顾明远先生系著名教育家、中国教育学会名誉会长、北京师范大学教授、博士生导师。

目　录

做新时代立德树人的智创型教师

这是一所有着90多年办学历程的学校，她所倡导的“卓越人生”教育实践致力于现代学校建设，发展学生“五力”（道德力、学习力、实践力、领袖力、创新力）素养，落实立德树人根本任务。我们统整了学校的课程体系，探索学科教学、课堂范式的转型，在育人方式的改革实践中勇于探索、坚持创新，培养有理想信念的德智体美劳全面发展的社会主义建设者和接班人。

随着高中课改的推进和考试招生制度改革的实施，新高考为学生提供了选择性、个性化发展的可能，现有的高中教师能否适应这种变化，是否具备指导学生全面而有个性发展的能力？随着社会进步、学生的变化，教师的专业发展是否能够满足拔尖创新人才的早期培养的需求？在新的历史时期，什么样的教师才能真正担负起培养德智体美劳全面发展的社会主义建设者和接班人的历史使命？

一所老牌名校面临着新的挑战。

“百年大计，教育为本；教育大计，教师为本。”一支高素质、专业化、创新型的教师队伍，是推动教育发展的核心力量。中共中央、国务院印发的《关于全面深化新时代教师队伍建设改革的意见》提出，要培养高素质、专业化、创新型教师队伍，为新时期教师队伍建设指明了方向。一所学校，教师是灵魂；一所学校的文化，凝聚了这所学校教师团队的素养。

一直以来，爱岗敬业、勤于奉献是树德教师最为显著的社会标志。学校创始人孙震先生曾亲自提出“忠”“勇”“勤”的校箴，明确要求师生“四忠”（忠于国家，忠于民族，忠于社会，忠于职业）、“三勇”（平时勇于为善，临时勇于负责，临敌勇于求胜）、“四勤”（勤于修身，勤于求学，勤于治事，勤于助人）。三字校箴由此流传，成为树德精神的重要组成部分。在新的历史时期，又有哪些素养是树德人共同推崇的呢？

行走在校园中，穿梭于历史的风尘里，在师生们的笑容里，在灵动的课堂上，我校将教师素养构建为“一个核心、三个维度、九个侧面”，以培养新时代立德树人的智创型教师。“一核”指“立德树人”，“三维”是指“德”“智”“创”；“九面”是指“忠诚与热爱、勇毅与担当、乐观与协作”，“知识与技能、学力与教力、选择与决策”，“反思与质疑、想象与审美、整合与融通”九个方面的核心素养。

立德树人是教育的根本任务，更应该是教师的职业信仰和不能动摇的核心品质。树德中学创校时就定下了“树德树人”的办学思想，“树德”其名就取自“树木树人”之喻，“干家桢国”的文化基因90多年来未曾褪色。立德树人既是教师的职责，也是教师的修身准则。培养德智体美劳全面发展的社会主义建设者和接班人，首先要求的就是教师要树立正确的历史观、民族观、国家观、文化观，坚定中国特色社会主义道路自信、理论自信、制度自信、文化自信，准确理解和把握社会主义核心价值观的深刻内涵，增强价值判断、选择、塑造能力，带头践行社会主义核心价值观，并把社会主义核心价值观贯穿教书育人全过程，成为“先进思想文化的传播者、党执政的坚定支持者、学生健康成长的指导者”。坚定立德树人的信仰是教师素养中最为核心的品质。

“德”是教师所有素养中最重要的素养。正所谓“学高为师”，身正才能为范。教师只有用内化于心中的“德性”才能以人格塑造人格，以心灵塑造心灵，以爱升腾爱。“德”素养具有方向，既决定着教师的价值判断，更决定着其专业行为的方向。我们要鼓励教师争做“四有”好教师，全心全意做学生锤炼品格、学习知识、创新思维、奉献祖国的引路人。

“德”素养可以被校本化地解读为三主要元素：“忠诚与热爱”“勇毅与担当”“乐观与协作”（树德中学校箴“忠、勇、勤”的进化版）。

“忠诚与热爱”。教师必须具备：忠于国家，忠于民族，忠于职业，忠于理想信念的素养。具体来说就是，有贯彻党和国家方针政策的意识，遵守法律法规的行为；对中学教育事业无限忠诚，有崇高的职业理想和敬业精神；具有良好的职业道德修养；有充分尊重生命和人格的意识和行为。

“勇毅与担当”。在忠的基础上，要勇于为善，勇于负责，勇于求胜，勇于求真，勇于应战；体现出教师应有的精神风貌和高阶的人格魅力，具有职业献身精神。

“乐观与协作”。主要体现在“自我认知”和“沟通协作”能力两个方面，关注教师的自我意识和社会交往。既有强烈的自我意识、强大的心理承受能力，又善于自我调节；能乐观看世界；拥有良好的人际关系。自信而不自满，乐观而幽默。具体来说就是善于自我情绪管理，乐观向上、热情开朗、有良好的亲和力和沟通力，在同事交往、师生交往、家校交往中能够恰如其分。

三者相互促发，相互制约，相互影响。忠，体现为人生的价值理想，是教师发展的目标指向；勇，体现为实践的毅力与恒心，是教师可持续发展的条件和行为表现方式；融情，是发展的助力，是教师发展的润滑剂。

“智”是人类全部文明成果在教师个体身上的凝结，是教师个人能力、品质和境界的高度结合，是教师个人对外部世界真、善、美的一种全面把握后形成的能力、素养和境界。知识和能力是智慧的养料，一个人的智慧，不仅取决于他知识的多寡，还取决于他的“慧觉”，即在知识与情感上的领悟能力。

将“智”校本化理解为三结构：“知识与能力”“学力与教力”“选择与决策”。

“知识与能力”。知识包括“教育的知识”“学科的知识”与“教学的知识”，能力包括“教学设计能力”“教学实施能力”“教学管理能力”与“教学评价能力”。

“学力与教力”。“学力”即高超的学习能力，包括“信息获取能力”“信息筛选能力”“信息处理能力”和“超强的记忆能力”；“教力”即“知识运用能力”“实践能力”等。强调教师要能够终身学习、智慧学习，顺应时代的发展变化，了解学科发展的动向，主动适应信息化、人工智能等新技术变革，掌握并较为熟练地运用现代教育技术来辅助教学。

“决策与转换”。教师具有对教育教学中问题进行有效决策的能力，包括“开放的提炼能力”“准确的预测能力”和“果断的决断能力”。

“创”意指创新与创造。这是教师竞争力的核心，没有创新就没有价值的提升，就没有教育教学思想的升腾和凝结，也就没有教师个人品质的提升与发展。

“创”本土化地理解为三要素：“反思与质疑”“审美与想象”“整合与融通”。

“反思与质疑”意指批判性反思，就是教师通过对自己教学行为进行全面审视，对照教师素养框架要求，形成问题，再对这些问题进行科学的分析，从而促进教师自身的成长。高阶思维能力包括高阶的学科思维能力和教育教学思维能力。

“想象与审美”。浅层次来说，教师应具备创新的意识（批判与质疑的意识）；深层次地说，教师应将创新意识内化为习惯，成为教师个体和集体生活的一部分。想象强调一种“不破不立”的重构，审美是对教育教学活动内在意蕴的理解和体验。创造性的想象是基于客观现实、突破现实，创生出一种崭新的方式方法的过程。教师要有不断挑战自己旧有教育教学思想、方法的意识和能力，有变革和创新自己教育教学风格的意识和能力，追求自己的教育艺术、形成自己的风格。

“整合与融通”。整合与融通体现为教师素养的专业素养系统化和跨学科、跨领域素养的整合化。它不仅是教学要素的优化，更是能系统放大教育教学要素的加和效应，即“1+1 大于 2”，也就是亚里士多德所说的“系统大于部分之和”。

“德、智、创”三者相互联系，构架成为教师素养的整体系统。德是方向；智是基础，是教师素养的关键和重心，是教师真正的实力所在；创是革故鼎新的动力，是教师发展的新境界。三个维度的素养相互支撑，促进教师综合素质、专业化水平和创新能力的不断提升。

厘清我们的必备素养后，我们探寻养成的路径。

结合学校所拥有的课程资源及课程化思路，对促进教师素养发展的课程进行分类分层构建，才能满足不同类型、不同层次教师的发展需求，解决过去一直没有解决好的针对性和实效性等问题。我们认识到，教师培训内容要紧扣成都树德中学学生“五力”素养和树德教师“德智创”素养，形成学校对于教师专业发展培训课程的顶层设计，突破过去大一统、碎片化、无聚焦、太泛化的教师专业培训局限，解决能动性、针对性和实效性问题。立足于新时代立德树人的智创型教师发展课程图谱由此出台。

课程分为三大类：一是“养德”类，二是“育智”类，三是“提创”类。

德性滋养课程：重在文化引领、德行浸润。其包含面对全体教师的相关政策法规的学习，学校历史文化的研读，教师人文精神的培养，生活中综合素养的学习。也包含新教师的入职培训、职业发展规划指导等。

智慧实践课程：主要是基于教育教学专业知识方面的学习。其包含以“磨课”为中心的各类课例研究，以“磨题”为中心的关于作业与试题的研究，与学科教学发展相结合的主题式研修，优化教学的现代教育技术的学习，以及各类学术交流活动和学历提升等。

创新发展课程：重点在于新思想的碰撞、新方法的提炼，侧重于指导教师对教育教学风格艺术进行提炼，提升对国家课程校本化实施的能力和结合学情校情开发课程的能力。

新高考选课走班对学校学科建设提出了要求，我们需要建设好各学科的学术高地，提升学科核心竞争力。在实践过程中，我们形成了以学科建设为抓手的文化浸润引领、组织化专业推动、自组织项目式研究和学科素养研究等实施路径。

文化浸润引领：着力于培育教师发展文化，用教育思想引领学术能力建设，用师德建设感召专业觉醒。其包含学校教育哲学、教师文化、教学文化等。

组织化专业推动：指基于学校的发展规划、育人目标背景，校内专业组织设计课程开展的培训。如教务处、德育处、教研组、年级组、青年教师学习小组等专业团队推动的研究和学习，包含各类常规教研和学校的年度教育、教学研讨会等主题活动。

自组织项目式研究：指在共同愿景（项目）的指引下，自发形成教师研修团队，其成员聚焦共同关心的项目，形成立体式、网络状、层次化的合作研习小组，开展学习交流，实现教师之间的经验共享。学校文化对自组织建设有引领作用，学校管理对自组织的研究活动给予指导。组织化专业推动和自组织项目式研究相交织，构成专业发展网络。

在实践中我们认识到教师素养应该具有以下几个特性：

专业性：与律师、医生所需的专业素养不同，教师职业专业素养应具特殊性，其应然属性应与其他职业专业不同。同时，教师素养的确定必须依据中学教师群体特征来确定其框架。不同教师群体，架构的素养类型和层次肯定会有所不同。

校本性：教师素养根植于学校历史，发端于学校文化，并随着学校变迁而进化；还与学校所处的社会地位、学校发展目标定位、学校追求和发展图景密不可分。特别是职后教师的素养就是遇见学校文化，在学校文化中孕育出来的，与学校文化有着千丝万缕的联系。

时代性：即变革性。教师素养随着社会发展、时代变迁、学校地位沉浮而不断发生变化，总与时代的要求相呼应。

做大事业得大快乐——是为一己的，而况乎造新国家、新国民、新社会，更非此不行嘛！那不信仰这事的，可以不必在这儿做小学教员。一国之中，并非个个人要做这事的，有的做兵，有的做工，有的做官吏……各人依了他的信仰，去做他的事。一定要看教育是大事业，有大快乐，那无论做小学教员，做中学教员，或做大学教员，都是一样的。

《陶行知全集》（第1卷），第270页

干家桢国的树德情怀

前些日子，曾任四川省副省长的校友回校交流。89 岁的老人家兴致勃勃地谈起了他的中学生活，为我们一一介绍当年的老师，感慨当年的学校生活和老师们的教诲对他的一生产生了深远的影响。梅贻琦先生曾说，大学之大，非大楼之大，有大师之谓也。斯言于所有校园同是。树德中学当年有着全市很好的师资，校长亲自到教员家中鞠躬礼聘，薪酬优厚，教师学识渊博、诲人不倦，学校被誉为新中国成立前“国内办得最好的六所私立中学之一”。

树德的建校颇有一番意味。在 1939 年校庆十周年的纪念文集上，创始人孙震有言：“震少孤，家贫，先母申太夫人，勤苦操作，以所得微资，供震膏火，课读甚严。惜童时荒嬉，不知奋勉，于学问之道，未窥门径……深憾贫寒未竟所学，爰斥历年俸公，及长官所予者，约集热心教育之各同志，共同创办树德学校……诚以处此时艰，寒畯读书决非易事，而建国之际，国家社会需才又极急迫，不能因其无力深造，致使楩楠杞梓委于岩壑以老，是以珍重护惜，加之规矩准绳，俾皆呈材奏能，蔚为国用，树木树人之喻，亦即震之素志也……所望莘莘学子，不以现处困乏，而易其远大之志，潜修迈进，达才成德，庶贤俊辈出，略有助于建设大计，自可卜校誉日隆，由十年乃至百年，永维斯校于不敝，匪特足补震少年时无力求学之憾，而同事诸君之苦心共济，相与乐观厥成，式符树德务滋之意，庶几为德不孤也夫。”孙震先生劝诫学生说：“我树校学生，在此非常时期，凡有一分可利于国家社会者，均应努力为之！”这也就不难理解为什么学校的校箴是“忠勇勤”（“四忠”，忠于国家，忠于民族，忠于社会，忠于职业；“三勇”，平时勇于为善，临时勇于负责，临敌勇于求胜；“四勤”，勤于修身，勤于求学，勤于治事，勤于助人）。

树德的文化中一直有着干家桢国的济世情怀。就如同语文教员陶亮生先生填写的校歌歌词：“干家桢国，树人斯树德。大勇气集义所生，大精神诗书所泽。举目异山河，新亭涕泗多。终童能请长缨，汪踦能卫社稷，匣中宝剑及时磨。东海斩鲸，西山化鸟，复仇填恨止干戈。泱泱大国，弦诵雅声和。”

“佳气郁岷峨，麟麟炳炳磊英多，一堂济济雅声和。揆文调玉烛，奋武止雕戈。德以树滋，智因学长，膂力方刚莫蹉跎。宫墙云矗，缃素星罗，恒记取，恒记取，缉熙光明，任重致远，功在弦歌。恒记取，恒记取，缉熙光明，任重致远，功在弦歌。”

如同语文教员罗孔昭为秋季校运会所作歌词：“金风作，暑气消，庭院清凉，天高气爽，丹桂正飘香。转眼黄花遍地，佳节又重阳。丁花国事蜩螗，敌寇披猖，亟宜卧薪把胆尝，何暇恋景光。漫迈登山临水乐，兴亡责任要担当。快归队，速成行，齐集操场上，来玩玩铜球、铁饼共标枪，遇障碍，莫要慌，跑径赛，定要忙，争个胜负较短长，志向要挥张。练就钢筋铁骨，气体刚强，好把敌寇攘。”

正是因为有着这样的文化基因，树德的校友中出了四位烈士，两人就义于渣滓洞，一人牺牲于成都十二桥，一人于 1950 年在台北被杀害。

中国有句古语说，经师易得，人师难求。中国民主建国会创始人黄炎培是树德的家长，在校庆十周年时，他为学校写下了为子女择校时的一番思考：

“为子女选取良师，难。为子女选取许多良师集合而成之校，尤难。身教重于言教。选良校须特别注重于校长教师的品格。品德与学识益备，又有教育热忱，是诚良教师矣。每个教师发挥其热诚，尽欲贯彻其教好学生之目的，尽输其学识于青年脑海，青年脑海容量几何。食而不化，甚至不及下咽，既与不良影响于学力，更与不良影响于体格。即以体育论，徒重选手之培养，而不宜每一学生使强之增进，岂得谓为体育。抗战发生，苟非特别倡导后方服务课外之修习，与敌忾精神之激发，何以使第二代国民，完成其未来之使命？”

何以为“人师”？即德行学问等各方面可以为人表率的人。教师承载着“传播知识、传播思想、传播真理”的重任，更担负着“塑造灵魂、塑造生命、塑造新人”的时代重任。从“‘四有’好老师”到“引路人”，是习近平总书记对教师群体的角色定位和使命担当的殷殷寄语。这于我们的教师队伍建设而言，并不是空洞的标签口号，而是需要我们切实去践行：围绕“培养什么人、怎样培养人、为谁培养人”这一根本问题，坚持“立德树人”的宗旨不动摇，师德之首就是对教育的信仰、对祖国的忠诚，就是对于国家和民族的使命感、责任感。这是教师素养中的必备品质。

唯其如此，为师者才能正视现实的苦痛却始终心怀梦想，自觉地锤炼自身品格，才能有在纷扰中的坚守和热爱，才能发自内心地关爱学生、为人师表，也才能在教育教学研究中不断精进。在不同的历史时代，教育一直是理想主义者的事业。教师，就是追梦的人。当然，社会当回报以相应的礼遇与尊重。

唯其如此，为师者才能引导学生以一种积极阳光的心态去感悟社会生活的方方面面，形成正确的人生观和价值观，增进对社会科学而理性的认识，担当起社会建设者、事业接班人的责任，才能有大格局、大视野。

成人典礼上，我们的老师谆谆告诫孩子们："你要明白祖国二字的分量，你要懂得国与家的密切，你要思考自己可做的贡献，你要为此贡献自己的力量。因为你已经是共和国年轻的公民，因为时代的潮水已经将你们推到了未来的面前，而你们的身后是永远也割不掉的中华血脉。"

这就是树德不朽的传承。创新中华、服务人群，树德儿女炬火煌煌相递传！

做一个有激情的教师

第一次参加这个学校的青年教师学习小组会，这是树德教育集团领办的一所学校，刚完成教师的重组，学校蓄势待发。我到这里任职才一月有余，和老师们只有一些粗浅的交流。十余位青年教师都是近两年刚参加工作的，还处于要立足“站稳讲台”这一阶段，但是眼里有着光，有着对学校发展的期待和对自己职业生涯的梦想。

我想，我们应该要做一个充满激情的教师，只有保持这种激情，才能让我们在这条道路上坚定地走下去。

我们可能在入职的时候都曾有过诸多的犹疑、无奈，每次和新分来的老师交流的时候我都会开玩笑地问大家有没有办法转行，如果可能就不要入这行，这里面的艰难困苦不是三言两语道得尽的，没有吃苦的思想准备趁早离开。但是，不管你出于什么原因留下来了，请一定对这份工作永葆激情。

激情源于一个理想、一份信念。不管一开始是出于什么样的原因入了这行，既来之则安之，就要有在这一行里证明自己的决心。天生我材必有用，哪里都是我们“建功立业”的地方，要做就要做最好，这就是“少年心事当拿云”的自信。年轻时候不拼一把，如何对得起自己的人生呢？有人生性淡定，有人推崇隐逸。我总觉得这不应是年轻人的状态。教师自己可以淡泊名利，可如果没有对专业的看重、对职业价值的追求，学生又当是如何的情形呢？

激情源于一份责任、一份执着。教师这个职业，承担着沉甸甸的责任，尤其是在当下的社会环境中、在中国传统文化的背景下，教师所背负的东西被放大了许多许多。这些东西既是一种负累，又是一种督促，我们没有借口忽略教师对于学生人格、品质的影响，忽略教育工作对于国家、社会的影响。面对众多平常百姓在子女教育中蕴含的渴望，我们能不动容吗？能不坚守这份责任吗？

青年教师身上最可贵的就是“初生牛犊不怕虎”的激情，现在的我总是很羡慕这份年轻的天性。而如果在中年、老年教师身上看到这份激情，我就会很崇拜他们了：这时的激情就是真正源于对教育的热爱了。我们往往在初入职的时候豪情万丈，年轻的棱角、曾经的冲动在岁月中一点一点地被销蚀，诸多的波折、失意甚至是挫败不断打击着当初的理想，能够在这样的岁月里激情依然，实在不是一件容易的事情。只有对事业的热爱、对学生的热爱才能让我们坚持下来。这个时候，职业已经上升为事业，融入我们的骨血，而我们已在其中怡然自乐。

所以，年轻的朋友们，尽管我们现在接触到的学生可能基础差异大、家庭教育配合不如意，请不要对工作悲观、对学生悲观。调整我们的心态，相信每个学生都有向善的天性，都渴望着来自老师的认同和尊重，我们总是可以或多或少地影响他们，提高他们，总可以在这样的过程中体会到自己的点滴成功。我们不是要把每个学生培养成学习能手，而是要尽量地让每个学生心态健康、自信，让校园真正成为象牙之塔。给每个学生不同的追求目标，我们才能收获成功。同时，尽管学生的学业标准不同，但是教师的学术研究却必须要保证相当的深度，这样才能使自己始终站在一个较高的平台上，清晰地感受到自己的进步，适应各种学生、各种情况，在生活的各种压力下从容应对。

激情体现在课堂上的神采飞扬或从容不迫，体现在对学生不露声色的关注和温柔及时的鼓励，体现在对学术发展的不断学习和对教学艺术的不懈追求，这份情感的投入，是我们成长的不竭动力。

青春的力量

这几天，“中兴危机”是一个热议话题，我们从中看到了中国芯的重要性，认识到原创性的自主创新是多么重要。2015 年底，中国龙芯的总设计师胡伟武曾做客树德科学讲堂，在学生活动中心开讲自主研发 CPU 的重要性。我全程陪同了胡先生的树德之行，胡先生治学的严谨和坚定执着给我留下了很深的印象。

龙芯，在中国人心中是一个巨大的 IP。人对于龙芯的期待，不亚于对第一颗原子弹爆炸的期待。只不过国产芯片的自主研发之路，比人们想象中更为艰险和漫长。从 2001 年组建之日开始，龙芯团队历经坎坷，饱受质疑和嘲讽。虽然目前我们在技术上和发达国家有一定的差距，但是 CPU 这种关键核心技术关系到国家战略，无论花多大成本都要做，不能受制于人。龙芯在北斗卫星上稳定运行了两年，没有一次反转锁定的错误；搭载龙芯 1H 的石油钻头让老专家激动得像个孩子。数十年的研究历程，道路阻且长，双鬓渐染霜，有一种胜利来自煎熬。

伟大的事业总是热切呼唤青年的参与。年轻人自带一种闯劲和生气。青春理想，青春活力，青春奋斗，是中国精神和中国力量的生命力所在。所以说，少年强则国强。这一份青春力量，就是我们事业的希望。

在学校的整体规划和调整中，教师的平均年龄已经接近 43 岁，好几个教研组已经近 10 年没有进年轻老师了，曾经的年轻教师正在老去。这是一个令人担忧的事情。但是，闯劲和拼搏的精神并不是年轻人的专属，青春的力量并不完全由年龄来决定。

参加校长班在上海的培训时，班上的老大哥带着我们去参观了国产大飞机 C919 的组装车间。虽然组装车间离我们的培训地很远，又是大雨倾盆，可老大哥们一路都很兴奋。

曾有人嘲笑这款我国自主研发、全球采购零部件的大飞机，连一颗螺丝钉都从国外购买。可是他们不知道我国即使造得出质量更好的螺丝钉也不能用在我们的大飞机上，因为质量标准被欧美把持，不用他们的产品，我们的飞机质量再好也拿不到进入其他国家领空的适航证。大飞机制造是工业的皇冠，对国民经济有重大影响的技术一定要自己做。车间的墙壁上悬挂着四条长幅——长期奋斗、长期攻关，长期吃苦、长期奉献。看完 C919 的纪录片，我们忍不住激动鼓掌，在喧嚣中的沉默不一定就是软弱，也可能是执着。所以，有人倾力扶持木里中学，把一份教育理想植根于贫弱的民族地区；有那么多的老师一批一批前往大山深处支教扶贫，把希望的火种播撒在幼小的心灵中，默默地撑起一片蓝天。

在这样一个喧嚣的网络时代，沉默有时候是一种智慧、一份理性、一份包容。希望我们的青年能够因人格的高贵而愈加道德自律，因精神的自由而更加行为自觉。梁启超曾在演讲中问“在座诸君为什么进学校”，求学问为的是学做人，最终做到“知者不惑、仁者不忧、勇者不惧”。

生活中我们有时会遇到“愤青”。他们急于表达、急于否定、急于批判，恣意而张扬，可能激情有余而理性不足、言说有余而实干不足。我们愿意相信他们的“愤怒”来自一份“热爱”，但是，为师者，更希望他们能“念高危，则思谦冲而自牧”，为尚不成熟的高中学生智慧领航，为未来社会培养出既“仰望星空”又“脚踏实地”的建设者。就像习近平总书记寄语广大青年的那样：要爱国，忠于祖国，忠于人民；要励志，立鸿鹄志，做奋斗者；要求真，求真学问，练真本领；要力行，知行合一，做实干家。青年教师，更当自律自觉，奋勇担当。

青年既是追梦者，也是圆梦人。追梦需要激情和理想，圆梦需要奋斗和奉献。从“‘四有’好老师”到“引路人”，能够让我们走向未来的，是坚定的信心、直面现实的勇气和直面未来的行动。

坐在第一排

今天从我们熟悉的现象讲起。

每年的教学研讨会，我们在安排座位的时候都很纠结。我们总是在担心前面的位子会空出来没人坐，让场面难看、发言人心里憋屈。每次没有安排固定座位的会议，大家就会算自己坐哪里才最安全，会不会被从最后两三排请到前面两三排去坐，而每每被“请”时总会有“会心”的笑声响起。于是我们又开始琢磨，有些会该多少人就设多少座，越是到得晚的，越是坐在了醒目的位置上，甚至就在领导的正对面，他也获得了不少特别的笑声。

我有时在想，这里面究竟是一个是什么样的心理呢？

也许与潜意识的自我保护有关。座位的选择通常与安全感、自信有着密切的关系。坐在后面比较自由，在心理上会感到轻松一些，脱离会议主持人或报告人的“视力范围”，可以听主持人讲，也可以不听，可以开小差，可以小声地跟旁边的人说说话，可以“养精蓄锐”，甚至可以趁主持人不注意从后面悄悄溜走……那些不起眼儿的位置往往表示，你不想与发言人互动，习惯把自己看作一个“旁观者”，自动地把自己边缘化。

有中庸之道的强烈影响。为人处世，不要太过，也不要不及，不在人前，不在人后，随了大流，就恰到好处，这就是中庸之道。有的人认为开会坐第一排就是讨好、“挣表现”，为了不让别人误解自己，就坐到了后面。

您看，个性的羞涩、内心的排斥、心理的封闭都会让我们向后缩。坐在前排的人，就自然成了我们的保护伞。那不经意之间，我们会失去些什么呢？

这个问题引出一段我以前不太在意的回忆。大学时候老师带我们出去观摩小话剧，进剧场自己去找位子坐下来。有前排边上的，我选了正面后排的。观看结束后老师问了我们的选择，只对我说，看话剧，怎么着也该选前排的位子，这样你才可能把一些东西看得真切，你才能从某些角度看清演员的表情等细节。坐后面，其实你什么都看不清楚。所以，坐前面才是一种学习的态度。

坐第一排，我们会有压力。眼皮子底下，迫使我们认真；担心被提问，迫使我们专注；真被互动了，又迫使我们更加大胆地展示自我。

由此说开一点去，这种“坐后面”的心理还表现在其他的一些地方。

比如不少教师从学习小组结业后，就开始推脱公开课等学校派下来的任务。遇上公开课，推三阻四，最终一个“倒霉”的小年轻接下了任务。安排教师代表发言，推来推去，敲定了一个人，这人也得困苦好一阵子。要开发一个校本课程，还是那个小年轻顶了上去。这么苦累了三五载，当年那个小年轻，居然就从人群中冒出来了，成了名副其实的佼佼者。

其实啊，课堂就像舞台，教师有着表演者的特质，站上讲台就有着展示的冲动和欲望，有此情结，教学才会给人以美感和幸福感。一个畏惧课堂的教师，当他习惯性逃避了一次又一次的研讨课、公开课的时候，你还能相信他的常规课堂上能够体验到教学的乐趣和幸福吗？用什么征服课堂？首先要用你的勇气。你有主动申请公开课的任务吗？有主动邀请老师们听你的课吗？你是否一开始就顾虑“上砸了好丢脸”？你缺少的就是展示自我缺陷的勇气。一个人敢于袒露自己的缺陷和不成熟，别人才能真切地看到你需要雕琢、修正的地方，你才有机会获得真正的帮助，否则只会是欲盖弥彰。

勇者无敌。成长的过程就要不断地接受挑战。是否有勇气接受挑战，实际上就是“主动”与“被动”的两种人生态度。一个人有着主动的人生态度，机会怎会不光顾？这是一种锤炼，一种成长，错失这个生命最结实最富耐力的季节，人就长不大了，成不了业了。

“坐后面”的心理会让我们习惯于找借口，如同条件反射一般地去找借口。

“发言人的讲话质量不高我们才会听不进去。”

“学生基础太差了……”教学成绩无疑是学校生存的生命线。基础差的学生永远存在，教师的一个重要职责，就是尽可能地使基础差的学生也能在你手上得到应有的发展。

“我忙不过来啊……”不能经常性地开展教学反思，倒是对休闲娱乐购物的反思交流不少；对学生的个体分析不能落实，倒是对同事的品评八卦不少。对于一个有责任心的教师来说，教师工作的确很忙。但现实恰恰是，越是有责任心、教育责任感强的教师，越不会以一个“忙”字来推诿工作。

“找班主任去……”“这个班的班风不好、学风不浓……”育人的任务仅仅落在班主任身上，这是教育的悲哀，是教师的失职。

“班主任那活儿，我不行，我干不了……”

任何借口都无法解决实质性问题，借口只会使人习惯拖延，习惯选择性地看问题，时时处处宽容自己，宽容到最后，可能致你的人生于灰暗境地。

“坐后面”的心理会让我们期待捷径、等待现成。

“理论的东西太深奥了，你就告诉我方法吧。”“你说的都对，那你来做做看?”有老教师告诉我，和有些年轻老师交流的时候很痛苦，因为我们给不出他想要的能够立马提高教学效果的方法。

能否在几年内成为一名合格的教师，在很大程度上取决于自己是否“多学、多看、多思”。要很快得到多数学生的认可，得到多数家长的认可，受到多数同行的肯定，受到领导的肯定，那不是一件容易的事情，非要好几年全身心的投入不可。因为，有太多的东西需要广泛地学，深入地学。“多看”，学会观察，能看到别人的行动；“多思”，琢磨参悟，把书本上的内容转化为自己的，把别人的转化为自己的，更要紧的是经过自己的思考，借鉴、吸收、试验、验证，兼收并蓄，让学到的内容为我所用。

用冰心的小诗一首和大家共勉：

成功的花，
人们只惊羡她现时的明艳！
然而当初她的芽儿，
浸透了奋斗的泪泉，
洒遍了牺牲的血雨。

“洒遍了牺牲的血雨”，也许于我们而言还不至于，但是奋斗的艰辛是免不了的。

格桑老师也说，处理情绪的速度就是一个人成功的速度。我们不要做一个消极、负面情绪的收纳箱。成功，不是坐在那儿等到的，守株待兔只是一个童话。不要嘲笑那些埋头苦干的人，不要嘲笑那些坐在第一排的人。聪明固然可贵，但真正的成功往往需要几分傻气，就像乔布斯说的那样，向着你的目标，带着傻气勇往直前吧！

戴着镣铐跳舞

美国的传奇教师雷夫·艾斯奎斯，在同一所学校的同一间教室，年复一年地教同一个年龄段的学生长达20多年，倾其所有精力、美德与创造力引导那些普通的孩子健康成长。他的事迹轰动整个美国，而且还被拍成纪录片，他的著作《第56号教室的奇迹》成为美国最热门的教育畅销书之一，但他仍然坚守在他的56号教室，证明着一个人能够在最小的空间里创造出最大的奇迹……他在给中国粉丝的回信中写道——教学是非常痛苦而孤独的。

教学是需要耐心的，我们所做的工作更多的是在孩子们未来的生命中发挥作用，我们长久的努力，却不能够看到立竿见影的效果，所以它不时地引发我们的自我怀疑。就如雷夫·艾斯奎斯所说：好教师是有耐心的。帮助一个孩子需要花很长的时间——很多年。尽管我们都承受着遵从规则的压力，关心着考试分数和成绩，但最好的教师永远记得，这些不是最重要的东西。我们教给孩子最重要的东西——正直、庄重、尊敬和友善——是无法通过考试检测的。

教师是注定要接受苛求的，在当下的社会环境中、在中国传统文化的背景下，教师所背负的东西被放大了许多许多。这些东西既是一种负累，又是一种督促，我们无法忽略教师对于学生人格、品质的影响，忽略教育工作对于国家、社会的影响，忽略众多平常百姓在子女教育中蕴含的渴望，我们会时时受到责任心的煎熬。

教学是需要我们不断进步、自觉地去更新自己的知识的。一个停止学习的教师，一个任凭学生怎样变化仍然“风雨不动安如山”的教师，很难在教学方面有长进，很难在学生当中树立威望，很难获得各方面的认可。外在的力量会不断推动我们学习，但源自自身的需求更加真实。我们的成长正是来源于我们自己的真实投入和广博学习后的独立思考。

所以，我们内心的痛苦更多的是来自自我怀疑、自我否定、自我反思和自我批判。教师是戴着镣铐跳舞的一群舞者。这种痛苦孤独的感受随着我们教龄的增长而更加明显。

可是，也有人说“教学不孤独”。美国兰迪·斯通在全美范围内搜集了一批奋斗在教学一线的美国中小学教师的故事。他们因为在学校里发挥了独特的教师骨干作用而受到国家表彰。《教学不孤独》是他们对工作与教学的真实记述。书的前言是这样写的：最英明的教育领导不一定来自各种行政办公室，也不一定产生于学校董事会深夜的会议上。实际上，在今天的学校里，最强有力的领导就在朗朗晴空下敞开大门的教室里。这就是教师领导——精神焕发、热情洋溢、善于创造的老师，他们主动走出教室，紧密联系他们的同事与社会，成为教育的领袖。这些领袖教师时刻关注着教育实践的改进，运用新的教育技术，参与专业发展，发展社区成员的才能并与大家分享。他们融于团队当中，感染着这个团队，引领着这个团队，也从团队中获得积极的支持力量，感悟着点点滴滴的成功喜悦。所以他们不孤独。

不管是孤独还是不孤独，它都是源于一种对职业的尊重，都有一种不张扬的激情在其中流淌，这就是支持我们在教师这个职业道路上继续前行的力量。教师不是一个能够挣大钱的职业，可是，如果你没有足够的魄力和决心去告别教育，唯一能做的，就是真诚皈依自己的职业，心无旁骛地致力于自己的事业，把自我从无尽的愤懑、满腹的牢骚中解脱出来，努力寻求心灵力量的支撑，然后尝试着以从容之心面对一切教育对象和现象，心平气和、脚踏实地地在自己的教育征途上徐徐前行，发现并收藏工作中所有快乐的火花，让它累积的光明照亮我们的教育探索之路，进而点燃我们的职业幸福感。

所以，雷夫·艾斯奎斯说：我认为很多给我写信的教师没有给他们自己足够的承认。他们在做着一份伟大的工作。如果一位教师每天都怀着积极的心态走进教室，尽自己的最大可能，一个个生命就被改变了。

在孤独中前行

前两天，在办公楼的长廊里，书记问我："你知道马小平吗?"

今天，在教学楼里，有老师问我："你知道马小平吗?"

我颇为诧异，一问一查之后猛然发现马小平真是这两天的红人，各大报刊以及网站均在报道他的事迹。

马小平何许人也?

"马小平老师，1956 年出生于湖南湘潭，2012 年在深圳辞世。历任湘潭一中、东莞中学、深圳中学的语文老师。他是一位值得我们尊敬并铭记的好老师。"这是他的遗像下面的两行字。三句话三层意思：短暂的生平，普通的身份，极高的赞誉。北京大学中文系退休教授钱理群出现在这位普通高中老师的追思会上，称马小平是所识教师中"最具全球视野，可称得上是教育家的人"。北京理工大学教育研究院教授杨东平则将他视作"布道者"，"已属稀有的人文主义教师"。

这位 56 岁就因脑部恶性淋巴瘤去世的教师，曾发觉一些年轻人"有技术却没良知"，简直患上了"人类文明缺乏症、人文素质缺乏症、公民素养缺乏症"；他很少讲教材，却把梁漱溟、哈维尔、王小波带进课堂；他梦想着“办一所幸福的学校”。为此，在执教生涯的最后一个学期的期中家长会上，已患癌症的马老师特意为每位家长准备了一封信，请他们不必过分在意考试，更要注重“学习的自信”。

可没什么人在意这封信。马小平开始时兴致勃勃地念着，很快连声音都虚弱下来。会后，20 多名家长把这位老师围住，质问他为什么不教课本的内容。马小平“显得很疲惫，甚至有些束手无策”。最终，他回到办公室，趴在桌上哭了起来。

“孤独是你的宿命。”满头白发的钱理群说。

他的孤独来自在小小的课堂里抵抗应试模式、坚持人文教育的艰难历程。病中，结合自己多年开设阅读选修课的经验，他带着电脑和扫描仪，收集了几千篇文章，然后从其中选出爱因斯坦的《论教育》等 102 篇，编选成《人文素养读本》（后更名为《叩响命运的门》）。这似乎是一种殉道者的执着。

他的孤独来自先行者的寂寞。他说，“我一生中总在追求一种我达不到的境界。我对智慧的东西总是在追求”。无独有偶的是美国的传奇教师雷夫·艾斯奎斯也说，“教学会是非常痛苦而孤独的”。

马小平说：“干教育这一行，如果不是十分的热爱，干得不愉快，而且还痛苦，那就真正要赶紧改行。但是我们如果执意选择教育，那我们就得朝最好的方面去做。”

所以，钱理群为《人文素养读本》这本遗著写的序中说：“不要看轻中学教师的意义和价值，更不要低估一个普通的中学教师的生命力量所能达到的高度和潜能。”

话说“高冷”

“高冷”不同于“冷漠”或是“冷酷”，没有漠视、苛责的含义，也不是自私自利、心胸狭隘。其实这类老师教学大多不错，对学生也是一片真心，但确实是性格比较内向，多少有点社交恐惧症，属于面冷心热不善表达的类型。就如同知乎上的留言说：“别人都说我高冷，但我只是想隐藏害羞。别人说我酷，但我只是不善表达。别人说我不好接近，但我只是用面无表情来掩盖内心忐忑。”所以我们会看到，同事眼中“高冷”的老师，可能在学生面前、在课堂上却挥洒自如、表情丰富，沉醉于和学生的交往互动中，这时候的他自信而放松。他们并不是学生眼中的“高冷”老师。

什么情况下学生会说我们“高冷”呢？

一腔热情而来，只得到惜墨如金的回应的时候；目光漫不经心的游移，不肯为了困境中的他停留的时候；总是淡淡的神情，不知道是否在听他的请求的时候；一板一眼，只讲“原则”“规矩”的时候……

但是，如果我们仔细地咂摸，你会发现这些高冷的老师在教学上多少会受到影响。对于教师这个特殊的职业而言，“高冷”

的个性恐怕多少有点是“硬伤”了。

“高冷”使得学生渐渐远离，那是一种不动声色的敬而远之。

“高冷”有先天的自身原因，但是我们可以有意识地去改善——学会爱，用心去“经营我的班”。

我们不会说我们要去“管理”我们的婚姻和家庭，而是说“经营”。其中的差异就在于“经营”一词传递出一种投入其中的情感，是一种主动的融入。

这里有一个观念上的改变，或者说也是一种心态上的改变，有意识地放低身段、放平心态。我们发现走向成熟的老师内心会越发平和柔软，这是暑假里我们送走了又一届高三毕业生后闲聊的时候说到的，就像“眼因多流泪水而愈益清明，心因饱经忧患而愈益温厚”的道理一样。那就是因为我们在教育教学的经历中看到了一个个真实的学生，感知到了他们的喜怒哀乐，感知到了他们的努力和不易，所以我们像对待自己的孩子一样接纳他们，陪着他们慢慢成长。“我把学生当作儿媳或者女婿来培养，这或许是我和其他老师不一样的地方。”当了31年班主任的北仑中学赵盛成老师说。有了这种心态，我们更容易理解包容学生。

“经营”就得讲究方法。要有刻意营造氛围的意识、刻意培养情感的意识。就像情人节我们为家属送上一朵玫瑰，在我们的师生交互中我们也可以不时送上表扬、鼓励等“小红包”，给少年们一些惊喜。同时，我们需要学生肯定、鼓励、支持的情感需求可以明确地告知那些懵懂的小孩，得到他们的回应。幽默风趣、温情脉脉的老师总是让人不能拒绝，那样的课堂总有着别样的吸引力。

有老师说：“我就是这样一个性格啊，江山易改本性难移啊!”那就争取去“移一移”，从“讨好”家属做起，大胆地迈出第一步，主动和学生、家长以及同事们交流。“亲其师、信其道”是颠扑不破的真理。

再深入一步来看，这是一个学生观和教育观的问题，因为“女为悦己者容”，心存爱恋就会在意对方的一颦一笑。华东师范大学叶澜教授指出：教师是教育事业和人类精神生命的重要创造者，这项工作所面对的是成长中的、充满生命活力的青少年，教师若把“人的培育”而不是“知识的传递”看作是教育的终极目标，那么，他的工作就不断地向他的智慧、人格、能力发出挑战，成为推动他学习、思考、探索、创造的不竭动力，给他的生命增添发现、成功的欢乐，自己的生命和才智也在为事业奉献过程中不断获得更新和发展。那么，我们是不是可以说，“高冷”毕竟是一种“冷”，我们需要更为主动地投入我们的事业当中，修炼出发现美的眼睛，拥抱“我的学生我的班”。

也说“佛系”

一路走来，“锦鲤”没来得及“确认过眼神”就和我们擦肩而过了，我们渐渐进入“保温杯”的年纪，我们该向哪里去？不知怎么的，“佛系”这个词一下就跳进了我们的眼中，并突然大火，入选《咬文嚼字》的“2018 年十大流行语”和国家语言资源监测与研究中心发布的“2018 年度十大网络用语”。

这个词有自嘲的意味，带着点看破红尘的味道，无欲无求中隐约有一种求之不得干脆降低人生期待值的无奈。就好像历史上众多的隐士，大多也是在郁郁不得志的情况下选择归隐田园、寄情山水。

就像有人说，“我没有那么高的什么追求，我只要把自己的课上好、把稀饭吹冷了就行了，我为什么要去追求卓越”，“我不要评这样那样的什么东西”，“我视名如粪土”……我这里没敢说“名利”，因为往往这些同志对“利”又比较计较，而且把自己和他人的事儿拎得特别清楚。“凭什么他只监考两场，我要监三场”，“我要送娃娃上幼儿园，一二节不能给我排课”，“这件事情是不是该算点费用呢”，“才拿多少点钱，还要我们做这样那样”……他们往往更加计较，更加吃不得亏，还美其名曰“柴米油盐酱醋茶，我就俗人一个”。我想说的是，第一，人是有社会属性的，只专注于自己的狭小空间，必然会排斥团队，同时也被团队排斥、放弃。学校里有这种例子。第二，做好你分内的事不是应该的吗，凭什么你就该年年考评都得优？你自己都主动边缘化了，学校那么多优秀的老师，凭什么要求学校给你提供这样那样的照顾、便利？当我们开始陷入这种认识的误区，我们就会牢骚满腹、抱怨不止，这种情绪会从一件小事蔓延到整个工作，蔓延到你的人际关系，最终蔓延到你的生活。就像格桑老师说的，你站在一个传送带上，外力带着你向前，你选择什么样的态度和行为才能够让自己更为轻松愉快呢？

说这种话的同志也分两种。一种这样说，也确实这样做了，大家给予的评价自然不高。一种说是说，“做”上面却不含糊。自己固然能做好事情，却仍然有着负面的影响。这种“佛系”是不是有点自我放逐的味道呢？

当然，也有真是彻底“佛系”的，如老僧入定，万事不起波澜，真是对什么都不计较。我们多少有点羡慕，尤其是看到体检报告单的问题从无到有或者是从半页到一页半的突破的时候。但是更多的时候是想做“佛系”而不得。

因为我们放不下。

客观上，上有老、下有小容不得我们放下。家中老人需要照顾，孩子逐渐长大，我们需要以坚挺的脊梁作为家庭的依靠。主观上，我们都有一份责任心和使命感不允许我们放下。

也有说“佛系”体现了一种追求自己内心平和、不苛求不计较的生活方式和淡然的生活态度。这种“放空”是一种守住本心的强大，是在岁月中沉淀下来的智慧，于是才有了在熙熙攘攘的红尘中“不乱于心、不困于情、不畏将来、不念过往”的定力，以一种温柔的力量和悲悯的情怀来执着坚守那一份梦想。

我们也许会有这样的感受，随着我们的教龄增长，我们的内心会越来越柔软，对周围的人和事会更加宽和。这源于我们对生活和生命的认识越来越深刻，我们的教育理解越来越走向本真。人的成功是一种自我价值的实现。这种自我价值的实现是艰辛的，是一个人勤奋努力工作，用自己的能力干出一番周围人认可的成绩，并获得大家尊重的过程。谁都无法跳跃“艰辛”。这个过程，也许就是周国平所说的“丰富的安静”，这份“安静”下面是一团燃烧的火。

所以毕淑敏说，所有的动力都来自内心的沸腾。最美的教育，在于师生相互倾慕彼此成全；最美的校园，在于我们彼此的敬仰和守望。往者不谏，来者可追。愿你心怀远方，把职业与生活过成想要的模样。梦在远方，路就在脚下。

四十之“惑”

每当一个要求出台的时候，我们会习惯性地迅速去找其中的年龄限制条件。

“35岁”曾经是老师们很重视的一个年龄节点，因为好些要求、机会会和这个年龄挂钩。那些年，我们习惯性地把35岁以下的同志称为“青年教师”，要求会多一点、细一点，不少的献课赛课、检查评比等工作会相对较多地落在他们身上。于是大家就在想，“快点快点过35岁吧，我就可以不交这项作业啦……”那时的成都市优秀青年教师评选的年龄限制也是35岁。

某一年，评选条件调整了，年龄限制放宽到了40岁，青年教师也就跟着“长大”了5岁，其中既有评优、进修机会增多的喜悦，又有“紧箍咒”不得松开的遗憾，40岁还真是一个坎。

从大学毕业到40岁，大致15年，我们走过了职业生涯中最为繁忙的岁月，完成教师职业角色的转变、适应工作岗位，再到成家、带小孩，我们职业生涯的基础就在这个时候奠定下来，这15年的光景决定着我们的发展，所以学校对老师们这十余年的成长给予了高度的关注。而我们这支年轻的队伍也秉承了树德中学教师队伍敬业奉献的优良传统，在教学一线做出了骄人的成绩，成为学校教育教学工作的生力军。但是，我们对年轻人还有着更多的期许。

青年教师的培养一直是学校教师队伍建设中的一个重点，每一位青年教师的发展都受到学校的密切关注。树德有青年教师分析会的传统，会在每一个学年度的下期对所有的青年教师做逐一分析。由教育教学管理干部、教研组长备课组长、年级组长、分管主任等组成专家组，从学校、教师共同发展的角度，就青年教师在师德、师能、业绩等方面进行如实、客观科学的分析，为每一位青年教师的专业发展提出分析建议，以促进学校教师队伍整体的提高。

在分析会上，有教研组长和老教师提到，希望学校给处于第二轮教学中的青年教师也安排一位指导教师，加强对年轻教师的精细指导。在年轻教师成长的过程中，第二轮教学中出现的问题有时甚至比第一轮的问题还多。因为在第一轮中，我们的年轻教师们还有一份战战兢兢、小心翼翼，还能够主动请教、随时听课，还能够坚持课后的答疑辅导。学校也往往会为这一轮的教师搭配相对优秀的班主任，对老师的状态关注也相对多一些，为教育教学的质量提供基础的保障。而在第二轮教学中，自己的想法会更多一些，请教、听课少一些了，答疑辅导不及第一轮主动了，意见、建议有时也不怎么听得进去了，而我们对于教育教学的感悟和理解却并不足以令我们一路顺畅。这时，我们往往会说是学生基础不扎实、状态不好或者浮躁，少了一份对于自己教学工作的追问，少了一份基于这种情况的研究和及时调整。这不利于我们年轻同志的成长。

老师们也提到了“年轻老教师”现象。有些同志松懈了下来，对各种任务开始推三阻四了，很有些“资深”的做派了。有些同志有了迷茫，不知道发展的方向在哪里，找不到具体的奋斗目标，职业发展遭遇了高原期。

孔子曾说，“三十而立，四十而不惑”，这正是人生的黄金时段。如何能尽快走出“惑”达到“不惑”的境界呢？

“不惑”是不忘初心的坚定执着。

有人生性淡定，有人推崇隐逸。我总觉得这不应当是年轻人的状态，多少有些矫情，有一些酸葡萄心理。似乎历史上绝大多数的隐者都是于现实世界中屡屡碰壁、无法实现自己的人生价值才退而他求，甚而以此为终南捷径。淡泊的，是名利；较真的，是专业。如果没有对专业的看重、对职业价值的追求，学生又当是如何的情形呢？希望年轻教师们结合已有的职业经历认真地梳理自己的教育心得，定位自己的发展目标，对自己的职业生涯做出进一步的规划。

“不惑”是反思内省之后的升华和提高。

现在的部分家长们其本身的知识结构和教育理念，在某种程度上要比部分教师丰富；现在的学生知识面宽、信息量大、思维灵活、自主意识强，不会盲目地迷信崇拜教师，这对我们的年轻教师提出了更高的要求。一个停止学习的教师，很难在教学方面有长进，很难在学生当中树立威望。

教师的成长是一个慢工程，一轮教学中我们更多的是在观察，在学习揣摩技巧上的东西，是在了解、熟悉高中教学体系；二轮教学中我们学习去比较、去辨别，才能基本厘清各种知识点之间的关联，站在比较全面的高度学会取舍；三轮教学下来我们才会积累下自己的对于教育教学的独特感悟，逐渐形成一点自己的教学风格、体悟到课程的深层意义。老教师和组长们的建议，是出于对同志们的关心和爱护，是出于对“年轻老教师”现象的担忧。所以，希望我们的年轻老师们能够更加深入地来研究教育教学，潜心钻研，静心思考，不断提升自己的专业素养和专业能力，虚心向其他同志求教，不迷失在过去的成绩中，当下的这个班级总是最重要的。

2018年一则消息问世，总部设于瑞士日内瓦的联合国世界卫生组织（WHO），经过对全球人体素质和平均寿命进行测定，对年龄划分标准作出了新的规定。规定提出新的年龄分段：0至17岁为未成年人，18岁至65岁为青年人，66岁至79岁为中年人，80岁至99岁为老年人，100岁以上为长寿老人。是的，你没有看错，65岁还是青年。老师们相互打趣，“革命人永远是年轻”！一位没有职业理想、没有教学上的追求的教师，是不会得到同事、家长和学生的真诚认可的。年龄只是一个数字，关键是葆有一颗永远年轻的心灵！

吃亏是福

工作调整的时候，一位老师找到我，几番踌躇说出了他的意图，表示坚决不和××老师搭班。我觉得比较奇怪："你们的关系不是还不错吗？他的教学成绩不也还不错吗？""他可不好合作啊，一点儿都吃不得亏，太不好商量了，经常带来师生间、同事之间的小摩擦，弄得大家多为难的。而且原本还有些交情，有些话又不好说。你说咱们各位老师之间教学成绩不过是毫厘之差，但是我得多花好多精力来磨合协调，真是想起来都累得慌！这可都是成本啊！"

小摩擦包括：

"为什么××监考的场次比我少？"

"凭什么他出去考察就该我来给他代课？"

"凭什么要我命题？"

"凭什么我的晚自习要给安排在周五？"

……

一位年轻老师始终和团队融不到一块儿去，和自己的备课组磨合不好，和班主任团队也相处别扭，我问他的师父究竟是什么原因，是否可以明告于他。师父半晌说不出话来：那些让人不痛快的全是鸡毛蒜皮的小事，说都说不出来，可是压垮骆驼的也正是最后的那根不起眼的稻草啊！“情商啊，情商太低了！”于是，一些机会、资源就悄悄地绕开他走了。

戈尔曼和其他研究者认为，情商是由五种特征构成的：自我意识、控制情绪、自我激励、认知他人情绪和处理相互关系。提高情商是把不能控制情绪的部分变为可以控制情绪，从而增强理解他人及与他人相处的能力。

霍华德·加德纳的“多元智能理论”也用“人际关系智能”为我们做了解读。作为九大基本智能之一的人际关系智能是指能够有效地理解别人及其关系，以及与人交往能力。它包括四大要素：①组织能力，包括群体动员与协调能力。②协商能力，指仲裁与排解纷争能力。③分析能力，指能够敏锐察知他人的情感动向与想法，易与他人建立密切关系的能力。④人际联系，指对他人表现出关心，善体人意，适于团体合作的能力。

您看，他们都强调了人的社会属性，那么在一个团队中怎么能不相互体谅、相互帮助呢？就像杭州师范大学孙德芳在《教师学力研究》一书中指出的那样，“基于合作交往的生活生存力”也应当是教师的基本“学力”，共生性存在是当代人学观的一种重要取向。合作与交往构成了人存在的根本生存方式，是人社会性的本质体现。这是教育领导力的重要构成部分。

这世上没有绝对的公平。有一句老话说“吃亏是福”，就是说为人处世要宽容、豁达，不要斤斤计较，得失心太重，反而会舍本逐末，丢掉应有的幸福。

安徽桐城的六尺巷千古流芳，六尺之宽“宽”的是人们的心灵境界与和谐礼让精神，“吃亏”是一种胸怀、一种品质。

希望我们的年轻老师们要学会与同事相处。

我们每一个人都是职场中人，有一些职场相处的原则还需要相互提醒。年轻人在职场中还真的要有一些肯吃亏的意识。办公室里的清洁卫生主动一点，备课组里抱卷子跑快一点，流水阅卷时多改一点，过机读卡时勤快一点，和同事打招呼主动一点，对老教师多照顾一点，活动课、辅导多承担一点，帮班主任多照看一点……很多个一点，就汇成了大家对你的真诚笑脸。

当然“吃亏是福”并不是让人无原则地忍让、一味地迁就。在工作中太多的抱怨、习惯性的拒绝、没有紧迫感的拖沓、没有边际感的同事关系都会消磨我们的热情，甚而我们还可能遇上有人自己计较还不算，还帮着别人计较的：“你那么积极干啥嘛，不是把我们大家都给晾起了……”对于我们身边过多的这些负面情绪我们需要有意识地屏蔽和远离，不要被裹挟其中，迷失了自我发展的方向。“吃亏”不但是一种境界，更是一种睿智。

曾看到一句话，很是喜欢：“生活的最佳状态是冷冷清清的风风火火。”愿你我共勉。

不要把培训当福利

有一句比较时髦的话：培训是最大的福利。

此话可以有两解。正解是单位为个人发展搭建平台、提供学习提高的机会，这就是对员工最切实的关怀。别解则认为既然是福利就应该机会均等，尤其是异地培训、较为高端的培训，“这次总该要轮到我了吧”。这种态度很值得玩味。

我们在潜意识里把各种培训分了个三六九等。

从地域来看，一般的通识性培训面向全体教师，大多在校内进行，也许你会为“好多的会哦”而烦躁；区域性的培训有时会场在郊区市县，也许你会觉得条件艰苦、往来不便；发达省市的培训机会总是更受青睐，自己没去过的地方当然更为向往一些。

现在的培训很多。各级的骨干培训、名师培训、种子培训、领航培训、教育家培训等，不一而足，名额有限、竞争者众多。脱颖而出者总是少数，失落者不少。其实，获得培训资格只能说明你比较优秀，是某一层级的后备人选，但一定不是说你培训结束后就自动成为名师、专家了。

所以，不要把培训当荣誉。

教师发展、名师打造是热点词汇。但是，这里有两种情况。

一种是等待打造。觉得自己的工龄、教龄也这么长了，教学成绩也不错，是不是学校就该下功夫打造一番了呢。这种等待的心态其实更偏向于对荣誉的追求，它决定了参加培训提高的态度，限制了发展的高度。

就像多年前有位年轻老师发牢骚说，学校总是说要培养名师，现在要评个什么称号那么难，谁有时间做课题、写论文嘛，学校就该在课题研究等方面把一些老师拉进去，解决他们没有课题、没有论文的问题，从而把他们打造成为名师。当年我也还年轻，也没有课题等“硬件”，但总觉得这话有什么地方不对。当时我的计划是每年争取写出一篇较高质量的文章，也还是坚持了几年的。我就觉得，为什么就不能自己写作、自己学着做课题呢？只要你想做，肯下功夫去做，那就一定是有机会的。

一种是主动打造甚至是自觉打造。这是一个主观能动性的问题。基础教育中的教学必然会有很多重复性的工作，高中的知识两三届带下来基本上就非常熟悉了。但是熟能生巧也能生懒，我们很容易就开始原地画圈了。大千社会总有很多诱惑，我们的心灵难免浮躁。只有自身有热切的发展的愿望，才能够克服自己在发展过程中的懈怠，发现自身的局限，才能有真实地反思、不断地学习，从而走向新的高度。这就是一种自觉。

那么，“凭什么”要派你出去参加培训呢？你要证明你值得打造。

你需要用你一如既往的学习态度来证明你珍惜机会。一直以来你珍惜各类学习机会，聆听专注、笔记翔实，不管在校内还是在校外，也不管是在繁华的大都市还是在偏远的郊县，你的兴奋来自学习的内容。

你需要用你的学习储备来争取培训的机会。有人说正是因为我不懂才需要出去培训。可是，现在的资讯这么发达，你一定要外出培训才能获得启蒙的知识吗？我们完全可以在平时的专业阅读中感知了解专业发展的方向和热点，了解业内的流派和分歧，这样外出学习的意义才会最大化，你才能在思想上和培训相呼应而不是被动地吸收。尤其是已经是骨干的成熟教师更应如此。所以，你需要先沉静下来丰富自己。

你需要用你的实践来证明你值得培训。学有所思、学有所用，你能在日常的教育教学中实践你的学习成果，看到学习所带给你的提升。你能够积极地投入学校的实践或者变革创新之中，勇敢地成为那个吃螃蟹的人，成为那个开拓者。

所以，打造首先来自你自己，不要把培训视作理所当然的福利。

也谈名师成长

我曾经三次聆听过魏书生老师的报告。

第一次是入职不久，魏老师来成都讲学，上了一堂公开课，在一个大礼堂里上初中文言文。会场里乌泱泱的全是听课的老师。课传递出的不愤不启的意蕴给人启发。

第二次是2010年前后，学校请魏老师来为老师们作教育的幸福主题报告，老师们全程专注，会场上不时有笑声响起。

第三次就是在参加省教学名师培训时，聆听了魏老师讲教师的成长，得以了解一位名师的心路历程。

魏书生为了当老师，先后申请了近160次，这才有了今天的一代名师。从工厂到学校，从普通教师到一代名师，就是一份对教学的热爱、对事业的不断追求，才使得他能够取得今天的成就。学生是常新的，教育是常新的。只有具有强烈的冲动、愿望、使命感、责任感的教师，才会自找“麻烦”，不断地发现问题，在研究问题、解决问题的过程中，收获快乐、幸福的教育生活。名师就是在这样的过程中成长起来的。

“成长”的本质是一个动词，告诉我们这是一个走向“成熟、完美”的过程。

名师的成长离不开三个关键词：创新、读书、反思。

创新应该是指在教育教学、教育研究、教育教学管理等领域提出新思维、新思路、新方法。这里的创新不是否定，而是对自己的一种扬弃。它既可以体现为教师对原有教学内容的创造性演绎，也可以是教师对旧有教学方法的改良、重组。这必须是符合教学规律和学生发展规律的，必须是以现实为依据的。只有这样，我们才能不断地探寻到教学的新思路，让自己的课堂总是充满新意与创意，保持教学的活力，促进学生的发展。

我们学科教育的价值到底是什么？我们的学科为学生的成长可以提供怎样的助力？我们的教研组将发展成为一个怎样的教育群体？我们的学科能为学校教育追求的实现做出什么样的贡献？关注学科核心价值，实现课堂教学从知识到能力、从技术到文化的提升，发现学科价值的魅力，以课程知识为载体，培养学生的思维能力、创新精神和实践能力，实现人的成长，尽最大努力抵达教育的本质。

这需要我们不断加强学习，尤其是我们在职业生涯中的阅读问题。教师阅读是教师学习的一个重要途径。这不是指功利地阅读教学类的参考书，指望从中获得现成的改进方法，而是一种广泛的阅读。所以，在我看来，人文社科类书籍的广泛阅读对于教师来讲，是实现自己发展突变的一个必须环节。而这是很难坚持做到的。人的成就可能是由八小时以外决定的，让我们和书籍相遇，因为人类的精神史就是一部阅读史。我们要借读书认识自己，认识社会，为心灵找到栖息的家园。

在学习的基础上不断反思才会生成自己的东西。魏老师正是在不断地反思中才超越了自我。对教学准备、教学实施以及教学反思的过程，会遇到各种各样的问题与困难，勇敢面对，想方设法地解决问题，就能成功。其实，面对自我、否定自我是最难的。魏老师的讲座中表达出对于“反思”的不同理解，提出一个

“正思”的说法。我想他是想强调肯定自己、悦纳自己的重要性，但是，要想超越自己，就必须要正视自己的不足，由此知道前行的方向。

做一个身上有情的教师。细腻地感知亲情、友情和爱情，洋溢着满腔的热情和澎湃的激情，发散着暖暖的温情和甜甜的柔情，同时还拥有高雅而有品位的闲情，以欣赏、宽容的眼光陪伴学生成长，视学生为我们心灵的后裔，于教室聚散之外另有深意。激情不老，岁月永恒。

我们确实有着成功的基础教育，但是我们的基础教育也确实存在着诸多问题，最显而易见的是孩子们的学业负担近年来有增无减，所以我们必须反思。老祖宗有很多智慧的东西，世界各国有很多各式的理论，只有适合自己的，才是最好的。课改已然在推进，周密的思考、审慎的行动，我们需要破冰而行。

从恐惧中获得勇气

一位教师，最美好的形象就是她在讲台上神清气爽、笑意盈盈的样子，背景是干净简练的板书，阳光从窗外透进来，温柔地落在她的身上。

那年，已经是她入职的第十个年头了。从“无知无畏”的初生牛犊，到频摔跟头的战战兢兢，再到现在的从容自若，她终于破茧成蝶。

“教师是有力量创造条件使学生学到很多很多的——或者也有本事弄得学生根本学不到多少东西。”《教学勇气——漫步教师心灵》的作者美国教师帕克·帕尔默如是说。

没有哪一个职业同时兼具这样大的创造力和破坏力！我们可以拯救一个人，也可以毁灭一个人。它对我们的提醒有二：一是说我们要谨慎地面对学生，关爱、鼓励学生，推动学生的生命成长；二是强调我们有这个能力，不能有任何借口去推脱。在这样的岗位上，我们怎么能不心怀敬畏，又怎能不面对自己内心的恐惧？

“教学恐惧”人皆有之。

帕克·帕尔默曾说：“我虽然教了 30 多年学，至今却仍感到恐惧无处不在。走进教室，恐惧在那里；我问个问题，而我的学生像石头一样保持沉默——恐惧在那里；每当我感到似乎失控，诸如让难题难住，出现非理性冲突，或上课时因为我自己不得要领而把学生弄糊涂，恐惧又在那里。当一节上得糟糕的课出现一个顺利结局时，在它结束很长时间内我还恐惧——恐惧我不仅是一个水平低的教师，还是一个糟糕的人。”这种感受，我们或多或少都曾经历。

我们会在潜意识里不欢迎听课者，本能地推辞逃避赛课的任务，分数所带来的压力并不仅仅存在于学生和家长。走上班主任岗位时的忐忑不安、孤傲的姿态、外显的“无所谓”“随你便”其实也是内心“教学恐惧”的特殊表征，是一种使得我们自我封闭、无动于衷的恐惧，使我们难以与人进行良性互动，从而遏制自我成长。

但是，我们是不是可以把这种恐惧转化为一种对自我的鞭策、对职业的一种敬畏呢？

那位年轻老师也曾来到我的办公室，未语泪先流——她接到了学校通过教研组长转达的意见。“我曾经有过失误，可是我在不断地反思进步。”“为什么看不到我现在的努力？”对不起，不是没有看见，而是你已经到了“承前启后”的年龄段上了，对你的要求和希望已从“合格地站上讲台”变成了“要成为独当一面的骨干”。我们必须要成长、成熟起来，不断地提升专业素养，丰富人文情怀，丰满个性品格。这就是我们直面恐惧的勇气。

真正好的教学不能降低到技术层面，真正好的教学来自教师自身认同与自身完整。成长、成熟需要一份沉静和清醒，需要不断地充实自我。我们很欣喜地了解到一些年轻教师给自己设定的读书计划，一些老师有及时反思写作的习惯，而这些都是成长得很不错的老师。教师工作是离不开阅读的，而且阅读的面要广泛，尤其要兼顾专业和人文，关注阅读的宽度和厚度，否则会缺少胸襟和气度，最终真实地成为整天忙碌却收获寥寥的工匠。

《班主任兵法》是一位上海年轻班主任的工作日记。阅读中可以真切地感受到这位老师对工作的热爱与用心，体会到那字里行间洋溢着的快乐和幸福。那些案例都是取材于我们非常熟悉的生活，可是有心记下来并反思整理一番的人就不多了，这就是人与人之间的差距。我们每个人都有着成为“优秀”的潜质，关键在于我们是否有所行动。教学勇气在于有勇气保持心灵的开放，即使力不从心仍然能够坚持。我们当中不也有写下了数百篇“教育小记”的老师吗?

固然我们行色匆匆、琐事缠身，可是爱因斯坦和鲁迅都说过这样一句话：人的差别在于业余时间。这至少包含这样两层意思：一是人的学习是终身性的，远不是学校或者单位里获得的那么一些，业余时间要继续为自己的发展服务。二是强调业余时间要有效利用，要更好地协调工作、家庭、生活之间的关系。工作上顺利与否必然影响到我们的家庭生活，事业上的成就也多能增进家庭的幸福指数。

“人生天地间，各自有禀赋。为一大事来，做一大事去。”陶行知如是说。愿所有的年轻朋友都能在自己的职业上有所担当，有所成就!

曾经的那些伤痛

这几年班主任人选越来越不好安排，不少人对这项工作再三推辞。

和一位年轻老师谈这项工作安排时，她犹豫着讲出了一个故事，一段给她带来阴影、带来伤害的过往。

她一毕业就来到学校，一来就担任了班主任。每天回到家累得连话都不愿意说，这样一路坎坷到了高三，眼看着效果还不错，却发生了一件事儿。本是提醒一位母亲关注孩子交友，却由于家长转达意思时的失误，引发了孩子激烈的抵触，当晚离家出走。“那晚我一直就没有睡觉，我真想把电话砸了。”后来事情虽然解决了，却也成了她始终不愿再去回想的一段经历，于是她决定再也不当班主任了！

一入职场就当班主任确实难度很大，我们会面临教学和管理的双重挑战，难免手忙脚乱，疲于应付。这种经历在老师中并不少见。曾经的热情、曾经的好心好意、曾经的全身心付出不被理解，没有收到预想的回报，反而仿佛是在不断地暴露自己的缺点错误，似乎做得越多、错得越多，“理想很丰满，现实很骨感”。于是突然之间我们发现自己已是满身伤痕，失望、沮丧接踵而来，我们变得不再自信，只想缩回一个小小的、单纯的空间保护好自己。这些事件成为我们职业生涯中难以迈过的阴影。姑且称其为“放大镜效应”吧，很多时候，我们都会不自觉地将这些负面的事件放大，然后束手束脚甚至作茧自缚，长久地停留在委屈的情绪中不能自拔，各种状况、各种挑战仍然不管不顾地不约而至。

我们需要有“回头看”的勇气。对学生的挚爱、对工作的热情、对家长的真诚，都不可能一劳永逸地解决所有问题。所以，我们也不要因此感到失望，更不能因此影响自己的职业发展。

“回头看”的时候我们会多一点远距离带来的理性。遭受挫折其实是一件非常平常的事，学生不理解、家长误会、同事抱怨，说点言不由衷的话，做点违心的事……都是工作中的正常现象，不要把偶然事件必然化，以偏概全。做任何工作都可能会遇上这样的情况，没有挑战，也许就没有价值。我们的工作，不就是在教书育人的过程中，不断地去发现问题、解决问题吗？如此的循环往复，贯穿了我们整个职业生涯，更何况我们做的是“人”的工作。

“回头看”的时候，我们还可以尝试换一个角度来思考，反思有没有别的方法可以避免走到当初的那个地步。委屈也有，心态却能平和许多。

我是在当了七年的初中科任教师后到高中部开始当班主任的。七年的积累多少还是让我有些底气，所以一直也比较顺利，但也是在高三的时候出了事。我没想到那会成为一件“事儿”。有学生从我这儿拿了高考体检结果去班上边看边发，突然高声说“某某，你是乙肝啊”，引来集体围观，当晚某某便没有回家……那个晚上确实难熬。尽管后来事情也处理了，沟通了，但那个孩子似乎始终有着心结，让我心里还是很不安。这个事件让我在以后的工作中谨慎了许多。

“回头看”会教会我们“退一步”的智慧。人无完人，学生、家长、同事都是这样，我们自己当然也是如此。所以我们不需要太过追求完美、太看重事物的结果、太注重他人的评价。对自己、对他人，都不要拿着放大镜来找缺点，放大快乐你就快乐。

如果我们没有足够的魄力和决心去告别教育，唯一能做的，就是真诚皈依自己的职业，心无旁骛地致力于自己的事业，把自我从无尽的愤懑、满腹的牢骚中解脱出来，努力寻求心灵力量的支撑，然后尝试着以从容之心面对一切教育对象和现象，心平气和、脚踏实地地在自己的教育征途上徐徐前行，发现并收藏工作中所有快乐的火花，让它累积的光明照亮我们的教育探索之路，进而点燃我们的职业幸福感。

从“宿管阿姨”到“生活老师”

曾经在网上看到，一位香港大学的荣誉院士去世，香港大学的官方主页放上了她的照片进行深切悼念。她叫袁苏妹，被港大人亲切地称为“三嫂”，在香港大学食堂工作了44年，几十年如一日，做饭、扫地、对学生关怀备至，被誉为“港大三宝”之一。“袁苏妹女士在大学堂宿舍服务超过四十年，就像他们在宿舍的母亲，不单细心照顾他们，亦栽培他们成为社会上有用的人才。”（香港大学授予三嫂“荣誉院士”的赞词）

杭州电子科技大学一位“宿管徐妈妈”也走红网络，800多名同学集体请求留下了本要退休的宿管阿姨。她可以不到一个月就能记住整幢楼800多名学生的姓名、专业、籍贯、家庭成员情况，甚至看到学生的背影就能叫出名字。她会为同学们缝补、煲汤，甚至还是一位“编外心理疏导师”。

还有华中科技大学那位以一篇《山高水长　我心永远》向师生告别的宿管员金林君阿姨，沉甸甸的相册记下了她数十年和学生相处的点点滴滴……

一份温暖扑面而来。这些宿管阿姨没有高深的学识，这些岗位也没有丰厚的物质回报，可是那些平常、“琐碎”的关怀与温暖却浸润到了学生心里。这不仅是对工作的认真负责，更是对学生的一份朴素的“爱”。

我们身边也有这样的一个群体。

那天参加住校生文艺晚会被我们的生活老师惊艳到了。

我们的秋季校运会期间，总要组织一场住校生文艺晚会，一来丰富住校生的生活，二来促进新生对高中生活和高中学校的融合。这项活动由生活老师团队全权负责。六位老师从一开学就着手筹备，从策划、文宣，到“走间串户”的动员，近600名住校生被调动起来，会场热情洋溢，节目高潮迭起，面向家长的直播圈粉无数。压轴的是生活老师们献上了一个散文朗诵，文章是她们自己写的！文笔细腻而平实，描述了她们对孩子们的点滴观察，关心和爱护之意尽在其中。这是真正用了心的老师们啊！也就难怪毕业典礼上孩子们会和她们深情相拥，毕业后也会来信汇报自己学习生活的情况。老师们讲起这些故事很是自豪。

她们很看重“老师”这两个字。这两个带来了她们对工作的高标准追求，带来了她们在学校中的归属感，她们以身为树德人而骄傲。我们常常说“德育在场”“全员德育”，就是表达了学校里所有的教职员工，包括食堂阿姨、门卫等都是“老师”的含义，他们都可以用自己的方式教书育人，从而做到“一个心灵打动另外一个心灵”。

所以我们会看到，学校里真正德高望重的老师往往谦和，用一种平等的姿态和所有的员工相处，体谅到不同岗位的不易，更为宽和。大雪纷飞的日子，校工们站在校门口恭敬地向校长行礼时，蔡元培脱下礼帽，郑重地向校工们鞠躬回礼。先生之风，山高水长。

“严以律己，宽以待人”，这是修为，也是风度，这就是我们年轻教师要修炼的功夫啊！特别在我们和文印同志、保管员、食堂阿姨相处的过程中，有同志时不时流露出一种优越感，有时还有点颐指气使的意味，更有在他人略有失误的时候“得理不饶人”、咄咄逼人。你看我们的生活老师，她们的工作状态是否让你肃然起敬呢？请记住，我们是一个团队！

从老师淡妆说开去

近日，杭州市滨江区一所小学的校长鼓励学校女老师化妆的新闻引起热议，《中国教育报》也刊文表示“教师化淡妆上班这个可以有”，一时间获得好评如潮。这让我不禁联想到初入职时看到的校园内的大号穿衣镜，被人称为“正衣镜”。当时一直放置在学校讲事厅，大家来来去去的时候总不免照上一照。后来学校几经装修改造，这镜子也就不知所踪了。

其实关于教师的仪容仪表一直是有要求的。《中小学教师职业道德规范》第五条规定：“衣着得体，语言规范，举止文明。”《中小学教师行为规范》第十四条规定：“女教师不化浓妆、涂染指甲、染艳丽彩发，不佩戴易转移学生注意力的首饰。”规定从“宜”和“不宜”的角度其实是明确了教师要以“得体”“文明”为标准对自己的形象进行管理，淡妆是得体的一种表达方式。

“恰如其分”即为“得体”。在我们的个人形象管理中，不仅仅包含妆容和衣饰，还包含礼仪举止、为人处世的细节，更深层次来讲是一种气度和修养。有兄弟学校的老师曾开玩笑地说，现在树德的老师越来越“洋气”了，而以前给人一种“愁苦”的感觉，其实这就是树德走向成功和自信的一个外显特征。

您看，一位老师突然换了一个发型，从长发变短发，凤眸微扫，妩媚中透出干练，办公室里一片赞誉。小姑娘淘气不改，拍着小心脏说“还好带给大家的不是惊吓”，特意早早来到学校，就是想先在班上去走一走露个脸，让大伙儿的新鲜感提前释放，避免对正式上课的影响。

有老师会精心配合授课内容选择着装。比如上《奥斯威辛没有什么新闻》时不会穿鲜艳明丽的服装，讲授古典诗词的时候会选择有古风元素的衣物……其实常有学生会悄悄地对老师说："您的这套衣服真好看!”赏心悦目的老师谁不喜欢呢!

我们从中可以感受到的是教师热爱生活的人生态度和积极向上的工作状态，这是对自己的尊重，也是对学生的尊重和对职业的尊重。契诃夫说，人的一切都应该是美丽的：面貌、衣裳、心灵、思想……因此对自身仪容仪表的重视不仅仅局限于女教师，而是对整个教师群体的要求。“秀外慧中”“优雅儒雅”大概就应该是我们所追求的教师群体形象吧。“秀”容易，“慧”和“雅”不易，这就是我们的气质和内蕴了。它还可以在学校的各个角落里呈现出来，轻声细语的交流，办公桌上的整洁清爽，校园内的推车慢行……从容优雅与校园的宁静温婉高度契合，学生也浸润其中。我们很难想象一个缺少对美的感知和追求的人会有一颗善于体察学生、理解学生的心灵。

这里最为经典的便是著名教育家、南开体系创建人张伯苓提出的“四十字镜箴”：

面必净，发必理，衣必整，纽必结。

头容正，肩容平，胸容宽，背容直。

气象：勿傲、勿暴、勿怠。

颜色：宜和、宜静、宜庄。(《南开四十年校庆纪念特刊》)

“一衣不整，何以拯天下”，南开体系的各所学校在重要通道处都设有大镜子，提醒过往的师生随时注意仪容仪表，这些镜子上都镌刻有这段镜箴。镜箴要求南开学子拥有整洁合适、积极向上的仪容仪表以及平和、宽仁的处世态度，提醒学生注意修身养性，提高自身的道德情操。每逢开学时节，新生们都会被要求背诵镜箴，不忘张伯苓老校长的谆谆教诲。“四十字镜箴”不仅在南开流传开来，甚至还引起外国教育家和教育管理者们的关注。

所以，亲爱的你，咱们是不是也可以讲究一点、精致一点呢？衣，未必大牌但要符合你的气韵，不可随意任性；妆，清爽明亮臻于自然，以“干净”为佳；姿，端正挺拔；行，从容磊落；言，清晰有温度。我们要记住，我们每一位都是校园里的一道风景，我们的形象就是我们的生活态度。

"绿叶"的品格

有学科组在做市级教研展示，一位老师给我打招呼，竟然是多年前在集团领办学校工作时的同事Y老师。

这是一位很好学的老师，正是如此他顺利地取得了一些成绩，顺利地来到了成都、来到了那所学校。因此，他是比较自信的。在这个新领办的学校，老师们都怀揣着梦想。

我当时刚到那所学校，为了了解学校的教学情况便比较多地去参加了一些备课组活动。

备课组建设一直是我关注的重点，我认为这是教师专业成长的最关键的土壤，也是学校教学质量最根本的保障，它的意义和价值并不弱于教研组的建设。常见的备课组活动大多要求"四定"：定时间，定地点，定中心发言人，定研讨的主题。这些从形式上对备课组活动做出了具体的要求，但是活动的质量仅仅靠这些是得不到保障的，更重要的是"研讨什么"和"怎么研讨"。

这天去的备课组是我第二次来观察的了。上周我估摸着时间，想着应该是大组活动结束、备课组活动刚开始的时间。高三的备课组应该是有很多东西要研讨的。可是我到了才发现，他们的活动已经结束了。我翻阅了组长的教研手册，上面只记下了一些事务性的东西。

到这个组我是有选择的。我听闻老师们的磨合一直没有处理好。我到的时候大家手里正拿着备课组长Y老师的课时流程争议着，年轻人觉得这个安排不是研讨的核心内容，他们想要看到的是具体知识的讲解分析。于是，原计划中的一位老教师开始讲新课的教学设计。老师用稿纸写了满满好几篇，刚说了一个点，Y老师就打断了她的发言，他认为这里的拓展还应该更为深入。发言就这样断断续续地进行着。好在很快就是课间操，老师们到班上看操，活动暂时中断。

和Y老师一块儿向操场走去，我提醒他一定要注意让老师能够充分发表自己的见解，帮助同伴在主题交流中感受成功。他有些委屈，认为刚才的发言没有达到高三应有的深度，没有体现高考的规律。学术上的争议我们是提倡的，可是像这样轻率急切地打断、插话、否定，又怎么能真正地开诚布公、深度交流呢？

年轻人要求说课要详细，这是她们成长的需要，也符合说课的要求。在备课组建设初始阶段，说教学内容是最为重要的。因为组内的教师能力差异大，以前这方面的集体钻研少，这些东西不明确，如何开展有效教学呢？女同志心思细腻，对文本的感悟、对语言的表达、对教学环节的组织也许对我们相互的启发会蛮大的。

Y老师的压力其实是挺大的：作为学科质量的第一负责人，要把备课组建设成为有战斗力的团队。在此基础之上，落实学科的日常教研，组织基于本组成员实际的课例研究，构思统筹本年级的学科教学规划，对组内教师的教学常规进行检查和反馈。安排本年级的活动课、探究课、竞赛课，组织实施选修课。组织抓好本年级组本学科单元、期中和期末复习、命题、考试、阅卷、质量分析。组织落实培优补差措施。他必须首先是一个学科教学能手，有敢拼敢干的锐气，带领着这个团队去冲锋陷阵，如果性格太过软弱、专业能力一般，是不能有效组织备课组的日常工作的。他的急切心理可以理解。

可是作为团队灵魂的备课组长，仅仅只依靠自己的锐气斗志还不够，仅仅他一人优秀还不够。他需要包容大家的不足，放弃一些自己的固执，放下一些自己的得失，才能在众多繁琐的事务面前心平气和，才能真心欣赏、崇拜组内的同志，和同事们倾心交流，对青年教师无私帮扶，组织起有效的日常教研，引领大家为着共同的目标而努力。这就是这片“绿叶”的品格。

教研组的文化建设

又是一批老师退休了，在学校隆重的退休仪式之外，教研组也各自策划了温馨的纪念活动，感谢老师们“四十载春风化雨、五大洲桃李芬芳”，这是老师们最为真情质朴的表达，也是一个团队文化的体现。

很多年前一位年轻老师为工作安排的事找我聊天，聊到专业发展的表现时，对自己所处的教研组很有意见：八卦多、牢骚多、“干货”少，年轻人感到很是迷茫。在曾经的一段时间里，我们常常看见这样的教研组活动：吃喝活动多，表面一团和气，其实生出了若干小团体；平时交流少，教研例会更多的是学校工作安排的“传声筒”、难得坐在一起的“亲密”交流、家长里短的议论、各自牢骚的宣泄、紧张忘我的作业批改；组长事务缠身，难有时间和精力深入考虑教研活动的设计与开展，不能及时捕捉问题，组织有效的教学研讨。尤其是当年级组管理越来越细致的时候，教研组的建设便开始呈式微之势了。可是，教研组真的很重要。于是，教研组的学术能力建设、在教师专业能力提升方面的作用逐渐被强化，与年级组的工作相互配合、相得益彰。

这其实是一种“场文化”的建设。从某种意义上说，教研组工作就是一种文化活动。我们完全可以把教研组建设上升到团队文化建设的高度来思考。当然，教研组文化建设不等同于教研组建设，教研组文化建设有自身的特殊性，这一特殊性是文化带来的。它是从教研组的文化根基，即教研组成员的工作方式和精神状态的角度，来观照教研组的发展和建设问题的。它是教研组建设发展到一定阶段后在意识形态上的升华和总结，是教研组建设的成果积淀。

什么是教研组文化？教研组是教学实践的共同体，教学研究的合作群体，教研组依靠一股无形的力量凝聚每一个成员，这股无形的凝聚力就是教研组文化。具体地说，教研组文化，是教研组成员共有的行为规范体系，是教研组成员自觉的精神和价值观念体系，体现为教研组成员共享的核心价值取向，即教研组的精神内涵。教研组文化建设的最终目的，是促进教师的专业发展和生命的真实成长。

教研组文化的基本特点应该是“和谐、学习、合作”。

和谐的氛围：一所学校和谐友善的教学教研气氛，就是一个学校的教育灵魂。这个灵魂的内核应该是以人为本的人文情怀。以教师发展为本的教研活动需要和谐的民主文化氛围。教研活动时应提倡“百家争鸣”式的争论，允许共识与个性并存，并允许教师持不同观点，让他们在实践中积累，在反思中提高。让每位教师的思想都能得到启迪，教学行为得到改善，发展潜能，体验成功。“和谐”不等于“和气”。“和谐”是一种理想状态，“一团和气”则往往消磨斗志，导致“和和气气低水平”现象的产生。只有组内形成一个开放的、宽松的交流空间，教师工作上互相协作，生活上互相关心，思想上互相理解，情感上互相支持，才能形成一种凝聚力，而当这种凝聚力一旦为了整个事业而爆发，它的影响力将是非常巨大的。

学习的风气：这是教研组作为一个学术团队的文化特质，它体现了教研组的精神高度，强调坚持学术领先、勇于追求卓越。教师的专业发展从学习研讨中来，学生的全面健康成长从学习研讨中来。没有深入扎实的学习研究就没有高质量的教育教学成果。教学是一项输出的工作，没有持续的研究和学习，总有山穷水尽的时候。教师的那“一桶水”“一片海”更多的是来自职业生涯中的学习和研究，不断地更新知识体系、了解前沿动态、掌握新的技术和方法、琢磨学生和环境的变化，与时俱进、大胆创新、勇于探索，在教育教学中求得学生的发展，同时也发展自我。

合作的精神：单打独斗，每个人都有独特的风格和实力，但是，军队要战无不胜、攻无不克，就一定要团结协作，步调一致，合作、交流、对话应该成为教师专业发展的最重要途径之一。团体智慧永远大于个人智慧之和。在团队中要能够求大同、存小异，以集体的共同目标为奋斗指向。在合作的文化氛围中，开放性的对话和交流会使每位教师的思想得到启迪，教学行为得到改善，同伴的思想与良好的建议会成为教师专业发展的重要资源。工作中不是没有竞争，但是我们应依托评价导向走向开放、合作和双赢。

这样的文化氛围是有效教研的基础，是年轻人成长最好的土壤。年轻人要尽快地融入这样的团队文化中，参与到这种文化建设中，用自己的投入为团队做出贡献。当然，不是所有的教研组一开始就能有这样的文化，那么，我们就需要拥有鉴别的智慧，屏蔽那些消极的甚至错误的影响，主动靠近并学习积极的、先进的思想，共同建设一个温暖美好的教研组。

教研组长的力量

一批新生力量走上了教研组长的岗位，这是学校发展中非常重要的事件。

教研组的建设成为学校学科建设的关键，同时也是教师专业发展的重要途径，因而被日益重视。教研组是教师成长的摇篮。

随着学校管理结构的变化，不少学校已经没有了教研组的专用办公室，备课组的办公地点以年级组为编排依据，相互之间相对分散，平时交流减少，教研组有空心化的趋向。

教研组长缺少对各个备课组的直接领导，如果教研组长的责任心不强或有心无力，不能凝聚组内力量，发挥应有作用，就会逐渐在学校管理中失去话语权。同时，组长工作的有效开展还存在体制上的障碍，比如组长的甄别与选拔，对其工作绩效的考核等都在不同程度上存在问题。

教育部在 1957 年为加强学校的教学工作颁布了《关于中学教学研究组工作条例》，从职能上说明，各级教研组要指导一线教师的教学，并对提高课堂教学质量提供专业帮助。这一条例对中小学建立统一的学科教学研究系统起到了决定性的作用。

我国学校中以教研组的形式展开教师群体教学研讨活动，具有比较悠久的历史，也构成了独具特色的学校教师学习文化。作为教研组中的核心与灵魂，教研组长承担着极其重要的组织和管理的职责，在较长的时间内主要集中于安排教学进度、组织命制试卷以及阅卷等事务性工作，多是在教务处的领导下在学科组内协助落实并完成有关的教学工作。所以这时教研组长的角色总体上是一个执行者。

随着课程改革的不断推进，教师专业化发展成为一个亟待提升的课题，教研组建设被提到了学习型组织建设的高度，对教研组长这一角色提出了新的要求，教研组长的功能向学术领导者和课程领导者转型。其以改善学生的学习成效为目标，以激活和培育教师的研究意识为核心，以建构对话、合作、反思、慎思的教研组文化为途径，在新课程的推进中发挥出“专业领导”的功能。

于是，作为团队文化的领导者和管理者，教研组长的人格、风格、学识等都会对教研组文化产生较大的影响，其课程与教学能力是树立“学术权威”的前提与基础，交流协调能力是促进团队融合的必备条件，对有效地开展工作有着深远的影响。

曾经有人说过一句很精辟的话：“教研组长是贤者居之，备课组长是能者居之。”这句话很精要地指出了两级组长的侧重。

教研组长负责推动学科教师的专业发展，这就要求其自身必然也必须要具备学术的先进性。同时，由于他要把组内每一个教师的发展放在心上，所以他必须是一个“贤者”。“贤”的具体含义主要包括：淡泊名利，倾心帮扶；潜心钻研，痴心教改；勤于学习，勤于修身。教研组长必须是学科专家，有专业指导能力，这是毋庸置疑的，但是他如果只是自己不断地推出研究成果，而不能带动组内的教师共同进步，那么他显然不是一个优秀的教研组长。所以，对于教研组长的选拔，“德”字为先。他要能少一些功利的东西，不汲汲于什么特级、专家的光环，不自喜于每年又发表了多少文章、拿了多少奖，而是真诚地关心组内教师的发展，切实发现问题，一块儿研讨来解决问题，提升老师们的学科素养，开拓其眼界襟怀，从而促进组内教师的专业发展。要完成这样的工作，当然需要教研组长不断学习，跟上学科发展的步伐，也不断提升自己的修养，成为一个睿智的“贤者”。

部分学校的教研组长已然是“终身制”，即便不合适也难以更换，与年级组长的“能上能下”有着比较大的差异。年级组长的工作积极性之所以能够被充分调动，与对其的积极的、及时的评价是分不开的。备课组长的部分压力也直接来源于校级学科成绩考核。所以，引入一种积极的评价机制有助于教研组建设，有助于推动组长们有效开展工作。

我们可以引入目标责任制。按照组长的岗位职责，以五年为一个考核周期，分别组织组内教师评价、年级组和学校教务处评价、学校跨学科骨干教师综合评价等三种类型，各赋予一定的比重，由此综合评估该组的建设情况，学校及时作出反馈，该改进的改进，该调整的调整。同时，教研组长的任期建议要设定最高年限，以避免一言堂的出现，同时也给其他教师更多的机会和发展的空间。

所谓“不破不立”，如果在现在这一特定背景下教研组建设难以施为，那么我们何不干脆换一个思路来考虑呢？江浙一带的“首席教师制度”给我们以启示。

我们可以考虑学科研究员制度。既然教研组已不能发挥其作用，干脆取消教研组长，改设学科教研员，即弱化组长的行政职能，进一步强化其学术指导功能。学科教研员的职责关键在于促进本学科教师的专业发展，具体包括：

负责制订学科教师培训计划，定期组织学科教师学习新的课程理念、交流有效教学的手段，共同钻研本校的学情、教情、考情。

组织并落实新教师培训，帮助其一到三年入职，四到六年成熟；帮助教困人员提升教学能力，优化教学方法，适应学生的需求；帮助高原期教师突破自我，谋求更高发展。

评定各备课组的学科研究效果，做好学校学科教学的把关工作，为高质量的教学成绩提供有力保障。

上示范课，提交高质量的学科研究论文，组织学术讲座，带动学科课题研究。

学科教研员直接对科研室负责，定期汇报工作进展，接受上级部门的考察评价。

新的这批教研组长正在成长，期待他们发挥出更大的力量，带领着他们的团队继往开来、一往无前。

关山飞渡走白银

那天有一个白银的校长班来访，接待的时候多聊了两句。下来后有同志很好奇地问我，怎么会对白银感兴趣。我就给你讲一个故事吧。

对我来讲，白银是一个亲切而模糊的一个城市，我曾经在一个特殊的时刻去过那里。

那一天是寒假开学报到的前一天，已经是晚上 10 点过了，我接到电话让我马上去学校一趟。一个住校的女孩子返校后出走了，学校要派我和德育处的一位副主任陪同家长连夜追寻，目标方向——甘肃。如果我同意，学校立即买机票。我二话没说就答应了，这是特殊而紧急的事情，容不得耽搁。

夜里还带着冬末的寒冷，去学校的路上人很少。走着走着我就开始怕起来，我们去甘肃怎么找？要是我们找不到怎么办？这种事为什么派我去？

学校会议室里灯火通明。校长、书记和德育处的同志们都在。孩子是上午来校的，监控显示父母前脚走她后脚就背着书包离开了学校，报到入住的忙乱中谁也没察觉，直到晚上点名才发现。目前在火车站附近的酒店大堂发现了她遗弃的书包，发现她登上了去兰州的火车。学校协调力量追踪孩子的行踪。家长正在赶往学校的途中。办公室正在办理购机票的事宜。派我去的原因是需要一位女同志便于和家长沟通。我们的任务是根据信息陪同家长前往寻找，随时安抚家长情绪，共同商议寻人办法。

我们登上了最早的航班。家长是周边高校的教师，父亲对女儿的期望很高。他一直不理解，一块儿来学校的路上还兴致勃勃的，怎么回头就跑了，寒假里也挺正常的啊。他一路上都在给我介绍他为女儿做的从小到大的规划，以及怎样传授学习方法等。我听着有些压抑。

到兰州后我们直奔火车站，一方面和车站人员联系，一方面拿着寻人启事一个小店一个小店地挨着问，如同大海捞针。

有消息传来，孩子在白银一个新结识的朋友家中。我们包了个出租车赶往白银。那里的白天短，很快天就黑了下来。这个冬天可真冷，颇有呵气成霜的感觉。一路上我们都在商量见到孩子后我们该怎么处理，也在不断和家长交流，引导他们反思家庭教育中的问题。家长慢慢领悟到对孩子的成长干预太多、期望值过高带来的压力，自己的强势带来的压抑。我们说好不责备、慢慢沟通，老师主说，家长补充，一定守住，不能再从我们手上跑了。

那晚又赶上了狂风，卷着沙尘，大大小小的石头和着雪片直往车上砸。路灯是看不见的，只有微弱的车灯带出小小一团光晕，能见度几乎为零。小车摇摇晃晃，如同狂涛巨浪中脆弱的小船一般，“砰砰砰”的声音一路相随。W 主任感慨着“一川碎石大如斗、随风满地石乱走”，我却完全没有南方人看到大雪的兴奋，而是很不合时宜地想着师傅熟悉这路吗？会不会开到什么沟沟坎坎里边去了？这车会不会翻了呢？

也不知走了多长时间，我们终于风尘仆仆地给了女孩一个惊讶。孩子并没有什么抵触情绪，平静地跟着我们去找了小旅店住下。平静得出乎我们的意料。

我们怕她深夜里又从旅店出走。于是 W 主任在楼层中间的休息处抽烟守着，我和孩子的母亲在房间里守第一道防线，我守上半夜。那位母亲也是疲惫不堪，很快就睡得不省人事，压根不能起来替换我。我干脆裹了被子睡在地上，直接把门抵上。

一夜平安无事，天亮就往回赶。我都记不得是怎样回到成都的了，白银就是一个仿佛很虚幻的影子，记忆中的形象就是风、石头、雪和摇晃的车，完全没有窥见她的模样。但是我还记得回来的路上，那位父亲如何兴致勃勃地和我们探讨他所中意的几所高校的招生情况。

学校里很平静，没有多少师生注意到这个事件。事件的处理没有给孩子带来太多的困扰。后来我从班主任那里了解到，孩子就是觉得假期里太累了，想在开学前放纵一下，小小地反抗一下。我也常悄悄地观察那孩子，她总是带着笑意，似乎开朗而大方。但是家长的观念和方法却很难进行引导，多次的沟通收效甚微，这个事件在偶然中带着必然。

你看，我给你讲这个故事，不是想说当年如何辛苦，而是想说经历的这些辛苦已经成为宝贵的回忆。这不是我所经历的最难处理的事情，但这种千里追寻也是我职业生涯到目前为止唯一的一次，也希望一直都是唯一的一次。我们都会遇到各种各样的困难，遇上了努力克服它就是了，不必去太多的纠结和权衡，因为它们有时是不能逃避的。

树德印·中国魂

树德校徽似一枚印章，九字形的砚台包容着一个德字，树德树人是我们的信仰。

何以为德呢？在甲骨文时，它的左边是“彳”，表“行走”之义；右边是眼睛和一条直线，表示眼睛要看正。二者相合就是“行得要正，看得要直”之义。发展到金文的时候又加了“一颗心”，即“行正、目正”和“心正”，可见人们对“德”字的含义标准要求越来越高。儒家以“温、良、恭、俭、让”为修身五德，兵家以“智、信、仁、勇、严”为将之五德，今天我们积极弘扬社会主义核心价值观，“富强、民主、文明、和谐，自由、平等、公正、法治，爱国、敬业、诚信、友善”。对“德”的坚守，就是树德人近百年来的传承。只有有了高尚的品德才会被人所尊重，“德高望重”就是这个道理。

德外化而为“礼”，就是礼仪规范和行为准则。树德人应该有自己的专属形象：仪容端正、行止有度，谦冲自牧、慎始敬终。德有公德和私德之分却不可偏废。于私，修身齐家；于公，心存敬畏，恪守规则。尊重和遵守规则是一种教养，是一种文化，也是一个人必须具备的品格。这个树德印记就烙在我们生活的点点滴滴中。

“德”做动词有感激之意。从树德走出去的人，应该懂得感恩：感亲恩，谢师恩，报国恩。29岁的同济博士生坦然地替环卫工父母扫马路，这是慰藉父母最好的礼物。心存感恩，常思反哺。那个暑假《战狼Ⅱ》大火，男主角单手举着国旗带车队穿过交战区的场景，令人动容。祖国是人民最坚实的依靠，英雄是民族最闪亮的坐标。九寨沟地震，八方救援；朱日和阅兵，气势如虹。当中国逐步走向世界，当更多国家将目光投向中国，那些藏在内心深处的民族自豪感和国家荣誉感，心向往之的集体主义精神和英雄主义气质，必将变得更加显性、生动，促使我们和时代一起进步、与岁月共同成长，这就是我们的中华骄傲。

春天里，新的学期展开新的乐章，我们奏响奋斗的旋律。奋斗者是精神最为富足的人，也是最懂得幸福、最享受幸福的人。从今天开始，热爱我的工作和学业，让自己充实而自信；从今天开始，提振我的勇气，我不把梦想寄托在偶然，与其担心未来，不如现在努力。也许，生活尚有不如意；也许，前路仍然有风雨。可能我们会时有疲惫、心生倦意。但是，我不会抱怨压力、不会回避挑战，以我青春力量，共绘宏伟篇章。习近平总书记的新春寄语说“新时代是奋斗者的时代”，追梦路上，我们不忘种子突破冻土、胚芽挣脱束缚总是要经历那么一番困厄，所以奔跑中你要学会淡定、保持从容。总有一些事情暂时的不如人意，不是所有的努力都有现实的回报，追梦路上我们会遭遇坎坷波折。这是一种历练，不要纠结于一时的得失，而要把我们的目光投向更为深远的地方。

清代袁枚说，白日不到处，青春恰自来。苔花如米小，也学牡丹开。那位曾经的支教老师与他在乌蒙山里的孩子们一同咏唱，让这首孤独了近300年的小诗，一夜之间走进了亿万中国人的心。渺小的苔花在阳光不能照到的地方悄然开放，把自己最美的瞬间毫无保留地绽放给了这个世界。这不正是每一个平凡的奋斗者的写照吗?

遭遇信任危机的时候

一位年轻教师遭遇弹劾。其实在青年教师身上遇到这类事件很正常，好些老师都曾经历过，有时成熟教师也难免会遇上。

老师们遭遇弹劾时的心态是很复杂的。大多首先是愤怒：“简直是乱说，我肯定没有……”然后是委屈：“我这么辛苦地付出，学生和家长居然不领情！”接着是抱怨：“学校就应该保护老师，不能站在家长那边说话。”群众舆论大多支持弱者，老师们也往往同气连枝甚至“同仇敌忾”。其实，学校一直很重视教师的发展，从学校的长远发展来讲，教师绝对是最基础的力量。我们很重要的一个任务是培养人而不仅仅是使用人，因此每次的教师工作岗位调整是非常慎重的。

真正的“与人为善”应该要及时地提醒身边的同志，减少工作中的失误。善意的提醒大多委婉含蓄，可是很多职场“小菜鸟”听不懂啊！

“你今天这个口红的颜色就很衬你的肤色”——你前几天用的口红颜色太浓艳啦，好些人都觉得不合适，可是没有人直接跟你讲。你本想借此提振一下自己的精神气儿，却没想到过犹不及。淡妆，一定要淡妆！年轻原本就是资本，妆容偏浓就像假面一样，反而会让学生和你产生距离。

“有几个娃娃在议论那件事的处理，好像有点儿情绪哦”——科任教师给你通风报信。新手班主任的科任教师配备一般会整齐一些，要知道她们曾经都是很有经验的班主任，能化解的一定已经不动声色地帮你化解了，你要重视她们向你反映的情况。

“我来听一下你的课哈，看看孩儿们乖不乖”——班主任对自己的年轻科任老师说。哪里是真的看孩儿们，是从孩儿们的课堂表现看你的教学管理，你怎么就不知道课后要去征求班主任的意见和建议呢？

想当年，年轻的我也听不懂呢。还记得入职第一年，有一次上班路上碰到我的教研组长，他似乎漫不经心地问我：“你们最近的内容有点难吧？”我在初一他在高二，平时的接触其实不多。我压根没想过他怎么会问这个事儿呢，只是给他讲学生不太能理解副词、状语什么的。后来我才琢磨出来，组长是听闻了我的授课讲解可能出了问题在提醒我关注学生的感受。在较长的一段时间里，我都是教研组里最年轻的一个，受到组内老师的诸多提醒和帮助。我的班主任也给予了我很大的支持，总是温和而明确地指出我的不足，让我快速成长。

遭遇信任危机并不可怕，关键是我们的态度：放平心态，积极面对。

不要急于表达我们的愤怒和委屈，先去准确地把握问题，还原事件的本来面目，弄清矛盾的根源。很多时候情绪化的表达让沟通难以继续，不同的人会从不同的角度做出描述和判断。我们来看看家长所提到的事件前因后果是怎样的，老师当初的处理是基于什么样的考虑？这样的思考和决策在行动前做了哪些交流和铺垫？也需要去访谈班级的其他教师和年级组、备课组的部分老师，了解在他们的观察和接触中对我们工作情况的描述和评价，以及从他们的角度对于事件的理解。还需要不动声色地和一些学生做交流，既了解他们的真实想法，又不让他们觉察到弹劾事件。这个过程中，积极主动地和学校相关干部了解的情况相互印证，获得最大的理解和支持。切忌头脑发热直接怼上学生和家长，使得事件向着不可控的方向发展。要记住事关子女的切身利益的时候，家长有时是难以理智的。

不要拖延，我们积极地来优化教学和管理，向有经验的老师求教，让所有人看到我们在行动。

就像即将到来的期末家长会，那就是我们交流的一个最好的契机。我们要让家长看到年轻老师的成长，对下一阶段的工作充满信心。

“为什么我会总是在唠叨常规”——这是班级日常秩序的保障，也是孩子们自律意识的培养。

“我们在班规上做了一些调整”——这是采纳了孩子们的建议，只要是合理的建议，我们都能接受。

“下一步我将采取的一些措施”——这个措施是我们这个班科团队共同商议出来的，这个团队齐心协力，对班级建设的未来充满信心。

“积极面对”的心态有助于我们解决大多数的问题，但是，真到了学校一定要调整岗位的时候，有的时候我们确实没有必要硬扛，可以迂回、妥协甚至放弃，换一个岗位从头再来，这也是一种智慧。

世界这么大，我想去看看

高考刚结束，一位老师专门来找我，扭捏地告诉我，9 月份起，她就去××学校工作了，先给学校打个招呼，便于工作的调整和安排。

这位老师眼中湿润、语言恳切，充满了不舍。这是她工作了十八年的学校。从大学毕业时的青涩一路走来，我们共同见证了她所经历的波折和苦痛，见证了她的成长和成熟，能够真切地感受到她对于教学的热爱。

她说辞职是为了孩子。那个学校是全学段学校，有她认同的理念和目前可见的成功，孩子读书的问题将因为她的选择而得到解决。

这是学期收到的第二份辞呈。近年来陆陆续续有好几个老师选择了离开，去到了各类民办学校或培训机构，真正转行的并不多，可见主要的原因并不是对教育教学本身的畏难、怕苦。

究竟是怎样的原因令这些老师放弃了名校的编制呢？

一是教师职业的付出与收入不相称，诸多现实问题难以解决，骨干教师纷纷出走另觅高薪工作。

“您看，我两个孩子，从幼儿园排队开始，到小学、初中择校，那可是不小的开销。不择校，就得买学区房，那也是沉重的负担啊，还不说两边的父母还需要照料……公立学校就那么些课时费和津贴，哪里够嘛。”

二是“编制”的巨大诱惑正在消失，不管从管理还是专业职称来讲晋升通道都很狭窄，发展前景有限，难以满足自身发展的需要。

社保体系的改革、养老体系的并轨，使得公立学校“编制”的光环有所消减，而个人发展的瓶颈日益凸显。

“这样的日子我一眼可以看到头，十年后我还是这个样子。职业生涯有几个十年？而那个学校直接任命我做……”客观上来讲，公立学校的教师团队里多少还是存在着“资历说”“能上不能下”等现象，年轻人的机会确实相对要少一点。

用马斯洛的需求理论来看的话，就是基础层面的安全需求和高级层面的自我价值实现需求，不同层次教师的追求是不一样的。我相信每一位辞职的老师都是经过反复考量了的，但是我还是想在他们的出走之前做一些交流。

第一，理性分析这一步迈出去的利弊，充分估计困难和挑战。我们不能承诺你留下来会多得到什么，但是你也要把出走的“利”看得清清楚楚、明明白白。

我们的追求究竟是什么呢？

高额的薪酬？对薪酬的构成是否清楚？这份薪酬有没有较为长远的保障？这份高薪对我们的要求是什么？我们的能力是否能够支撑这份薪酬？

发展的平台？理想和现实之间的鸿沟究竟在哪里？我们面对的瓶颈究竟是什么？造成瓶颈的根源是什么？哪些是环境的因素，哪些是个人的因素？是不是换一个环境就能够改变这个现状？哪里有那么多的委屈和不公，如果你的实力足够强大，你自然会成为领袖人物。

第二，请和家人充分交流，尊重家人的意见，获得最大的支持。

工作是为了更好地生活，这一步不仅仅关涉到你自己的发展，更是对小家庭有着重大的影响。我们的选择必然把家人带入一个不稳定的环境，他们不得不和你共担风险，你是否充分考虑到了你对家庭的责任？是否考虑到了你的选择为小家庭带来的压力？我们又能不能从容地应对这些压力？

第三，请给自己留一个缓冲期，再琢磨琢磨。不管最后的结果如何，我们都将尊重你的选择，希望你能有更好的发展。从这里走出去，你仍然带着树德的烙印，愿你能把树德的影响进一步传播开去。

铁打的营盘流水的兵，其实我们不必对教师的辞职、离职太过纠结，他们都是在选择一种对自己更为合适的生活。树德的教师团队一直以来是比较稳定的，这是树德文化传统的凝聚力量。我们的队伍建设就是要让优秀的文化引领团队的奋斗，让老师们在奋斗的过程中更有获得感、幸福感和成就感，这是我们大家共同的愿望。

教师必须力求长进。好的学生在学问和修养上，每每欢喜和教师赛跑。后生可畏，正是此意。我们极愿意学生能有一天跑在我们前头，这是我们对于后辈应有之希望。学术的进化在此。但我们确不能懈怠，不能放松，一定要鞭策自己，努力跑在学生前头引导学生，这是我们应有的责任。师道之可敬在此。所以我们要一面教，一面学。

《陶行知全集》(第 1 卷)，第 36 页

咬文嚼字也说“赢”

每一位有理想有抱负的教师都在追求自己职业生涯中的成功，这种追求推动我们不懈奋斗。有人说“爱拼才会赢”，在理念正确、目标明确的情况下，仅仅是“拼”能为我们带来成功吗？

我们的汉字真是一种奇妙的存在，构架中意蕴万千，方正中气韵深沉。作为世界上最古老的表意文字之一，汉字的“会意”把“赢”字解得淋漓尽致！“赢”由“亡”“口”“月”“贝”和“凡”五个部分组成，且待我为你细说这“赢”字“五诀”。

“亡”——危机意识。

这是一种自省的能力，要求我们能够理性地认识自我、认识环境。

人贵自知。人总是容易为安逸的生活所累，在长期的顺遂中我们容易从自信滑向自负，经验成为束缚我们前行的负累。“亡”就是要求我们始终保持清醒的头脑，明白己之所长以及以往成功的因素有哪些，更要明白己之所短以及以往的教训有哪些，我们自身在职业生涯发展中的优势和劣势分别是什么，由此我们才知道该向着什么方向发展。

要能够明确形势，外在的这些情势在发生什么样的变化，明白自己面临着什么样的挑战，以及这些挑战对我们提出了怎样的要求。能成功是少数，失败更为常见，所谓“审时度势”就是这个道理。

由此，基于危机意识的自我分析和环境分析，让我们对目标定位更加清晰，对工作的推进更有了底气，反而生出了豪气和斗志。

“口”——交流沟通。

关系也是教育力，建设良好的教育生态，构建和谐温暖的师生、家校关系是成功的基础。在这个过程中，沟通很重要，我们要学会主动去沟通，与团队形成合力。这是强调团队协作的能力，我们是一个团队在奋斗。

一是在班科团队和备课组团队中的交流。这是一个奋斗的最小单元，我们需要志同道合的同伴。个性可以有差异，能力可以有高下，方法可以有不同，但是一定要认同我们共同的奋斗目标，愿意尽己所能地为之贡献自己的力量，有大局观，愿意适当地保留己见、包容异见，使团队的智慧能够最大化。如果一个人与所处的团队格格不入，我们会考虑团队合作在他身上所需的协作成本，我们会放弃个别能力很强的成员，以确保团队的合力能够最大化。斤斤计较，不愿意多出一点力、多命一套题、多监一次考、多阅一份卷的成员，哪个团队会欢迎他呢？只顾着自己的学科，抢占学生时间，破坏整体均衡发展的队员，哪个团队会喜欢他呢？

二是同学生的交流与合作。师爱是教育的灵魂，尊重是交流的基础。爱之深未必一定要责之切，以理服人、以情动人是最有效的方法。我最怕老师们批评起学生来“以小见大”，可以从一两分钟的迟到上升到缺乏自制、对学业不投入、家长不负责等“高度”，轻率地把一次作业没交或没完成上升为学习态度问题。

我们要练就“火眼金睛”，看到这些现象背后的深层原因，我们会发现有些问题是可以谅解、可以包容的。心相通、情相融，这样的师生关系有助于教学任务的完成和教学目标的实现，更容易增进师生的成就感。

三是与家长的交流与合作。千万不要把自己放在教育专家的位置上。尽管教育是一门专业，但是我们不是专家。不要在“平等”的口号下轻率地批评、指责甚至指挥家长。一位老师曾和我交流，以前听到家长说“孩子只听老师的话”，觉得是家长在推脱责任，现在自己的小孩到了高中，才知道这真是一句大实话。家长一没有和孩子交流的时间（高中生没有时间），二缺乏和孩子交流的技巧（叛逆期的孩子讨厌说教），三没有辅导高中学业的能力（现在已经不是家长当年的高考的难度了），高中生的家长是最煎熬的。

与家长交流的基本原则是“共情”。做倾听者，了解家长眼中孩子的状况；做疏导者，纾解家长和孩子们的焦虑情绪；做合作者，共同协商行动的措施，并及时交流实践的成效以适时调整。在平等交流中达成统一战线，相互支持，共同为孩子的成长助力。

“贝”——资源整合。

围绕着既定目标梳理我们所拥有的各种资源，有哪些能够为我所用呢？我能够得到哪些助力？我还缺少哪些资源？我们要善于利用周边的这些资源。

包含自身的知识储备。这里对年轻老师有两个考验。一是资源不足、信息不畅导致教学中方向偏移、重难点不明。我们没有经验、没有积累，不知道该补充什么、该强调什么，看上去什么都讲了，却都是浅尝辄止，没能够讲清讲透。二是资源太多不能合理取舍，什么资料都想给学生发下去，哪套题没做心里就不踏实，漫天撒网，加重了师生的负担。这需要我们练就一身“删繁就简”的本领。这两个考验的背后都是对我们研究教学的要求：深入和扎实。

包含所处团队的有力支持。让自己融入所处的团队，一方面获得集体的智力支持，一方面获得大家的情感支持。年轻老师要有主动学习的意识，多观察、多思考、多讨论，在揣摩比较中寻找到要点和精髓，主动承担更多的献课、命题等工作，在磨炼中成长。同时，年轻老师还要有感激之意，让大家愿意指点你。

包含各级各类的培训机会。各级各类的教研、讲座，总有对你有启发的地方，要善于听、善于学。

“月”——时间掌控。

梳理我们能掌控的时间有多少，围绕着我们的目标拟制出工作推进的日程表。这就是一个详细的计划书，把目标和任务分解到具体的时间节点上，每一步的安排要落实，确保计划的有序推进和进程管理。我们称之为“时间入格、任务入格”，让我们随时都对这项任务清清楚楚、明明白白。

“凡”——平常心态。

这是自我情绪管理中的一个部分，指在竞争中保持平常心态。教师的压力确实很大，有来自学生和家长的，有学校行政管理带来的压力，也有对我们自身成长的热切期待，还有来自我们家庭的各种纷扰。但是，我们要能够平衡这种压力带来的紧张，保持一种健康、适度而有益的紧迫感，从而在成绩的起伏中、状态的反复中保持一颗平常心，克服焦虑，忌动作变形。当然，“平常”有别于“庸常”，是追逐着阳光的坚定沉稳而不是随波逐流。同时，我们还要善于屏蔽一些负面情绪的干扰，远离“垃圾人”。

“勇者相逢智者胜”，年轻老师带着锐气和勇气，如果能够把“赢”字“五诀”好好揣摩，五力合一、融会贯通焉能不赢？

“磨课”和“裸课”

学校里总会组织各类的献课赛课活动，作为年轻人，这样的任务或者“机会”总是很多的。记得我入职的时候，很长一段时间里我都是组上最年轻的一个，那些年里的各种公开课大多是我上，而组上的各位前辈总是不吝赐教，所以我虽然是“露丑”不断，但也受益很多。后来，组上的年轻人逐渐多了起来，市级以上赛课的机会就约定俗成地开始排队，一人一次机会，你要是把握不到、没拿到最高奖项，也只有等待下一个轮回了。

这里面有一个心态的变化，从畏惧、抗拒公开课走向接受、乐意的变化。曾有老教师指点我说，年轻人总是容易被各方质疑，要迅速站稳讲台得到认同有两个路径：一个是成绩不错，让大家放心；一个是公开课精彩，让大家对你的能力高度认可，这样你自己的成长空间就会相对宽松一些。这两者相互关联，都很重要，公开课更有着立竿见影的效果。以我的成长经历而言，这话还真是金玉良言：把课上好是关键，成绩是水到渠成。

公开课大多会精心打磨，于是有了“磨课”一说。老教师常讲“好课多磨”，在一定时期内，在大家的协助下，采取多种形式，运用科研方法，反复、深入地学习、研究与实践，使这个课成为精品，任课教师的教学、教研和科研能力在这个过程中都会得到显著的提升。其实教师的专业发展离不开“实践反思，同伴互助和专业引领”，而“磨课”则是这三位一体的综合体现。

“磨课”的关键在于教师的“琢磨”。公开课固然需要精心打磨，家常课也需用心。家常课养人，公开课炼人。有意识的多磨课，主动地把自己的课拿出来“晒”，邀请组内的老师多来听课，尽快成长。在多次的琢磨与淬炼中，我们才能完成从有意创设到自然生成的升华，融会贯通，返璞归真。

“磨”出教师把握教材的深度，促使青年教师深刻理解教材；“磨”出教师合作交流的默契，“磨”出教师创新思维的火花。在集体的反复观摩、反复修改中找出优点和其中的不足，促进反思，改进教学行为；“磨”出学生的需要，青年教师备课，多从知识点考虑，容易忽略从学生的角度考虑主体参与、课堂反馈的问题。

也有声音对于公开课的反复打磨表示反对，某声音对于公开课的形容如下：一直以来，公开课试教，仿佛天经地义。一次次备课，一遍遍试教，一回回推倒，一番番重来，折腾不止，筋疲力尽。最夸张的，当数那些参加“国赛”的选手们，一旦有幸被选中，就会走上磨课的“不归路”。日里磨课，夜里梦课，死去活来，活来死去。于是乎，听课者最终看到一节万花筒般精致的课——动画精美、音乐荡气回肠、语言气势如虹。置身其中，恍若观赏一场艺术表演，让人目不暇接。

由此提出了反对“磨课”，提倡“裸课”的主张。

所谓“裸课”，有老师说，就是“一师，一黑板，一粉笔，一群学生，不磨课，不试教”的课。这是不是叫“原生态课”更准确呢？相对“赛课式”教学而言，“裸课式”教学是指毫无修饰的真实呈现，还原课堂本真面貌，是一种“非观摩课”。

其实这里面有概念的差异。

“裸课”其实不裸。一位老特级教师曾对我说，“没有哪一节课我不是战战兢兢，我总会在上课前在脑子里把整堂课过个好几遍，反复推敲一些细节，总是力争能够超越上一次的教学。”所谓的教龄长了、经验多了，课都刻在脑海里，不用再备课了，我从来不相信这样的老师会是好老师，起码在我所处的高中学段这是不可能的。学生在变化、知识的情境在变化、要求在变化，怎么可能有一成不变的老师能够获得成功？原生态的课堂、本真的课堂也一定会有精心的课前准备，备教材教法，更要备活生生的学生。“裸”去的是花拳绣腿，显“露”出来的是真功夫。只是说有经验的老师更能把握真实问题，更善于驾驭课堂氛围，更会利用学生的课堂生成，从而使课堂有一种返璞归真的厚重与灵动。这是我们追求的一层境界，是厚积而薄发、举重若轻的。

“磨课”不同于“表演课”，“磨课”也不局限于公开课。我们强调的是课前的精心备课、用心揣摩。反对者反对的是过度包装、对技术手段的过度依赖以及把教学异化为表演，而忽略了学生的个性成长、课堂的生命关怀、知识的真实生成。“磨课”中我们能发现对教材的领悟不足、对学生的预估不足、对知识点呈现方式的不佳、例题选取的缺陷……组内教师的批评和建议都让我们心有所悟，一次次的磨课带来一点点的蜕变，这就是破茧成蝶的过程。

从本质上来讲，“磨课”是对职业和学生的尊重，是对课堂的敬畏。全国著名特级教师于漪说，她是用一生的时间在备一节课；一位教育专家也对教学工作精辟地总结过：没有一生的心血，哪有瞬间的精彩。可见，用心“磨课”是必须和重要的。这是年轻教师成长的必由之路。

停课的秘密

高三全市一诊的系列工作刚刚结束，年轻老师的脸上写着疲惫，还透着一些“小有成就”的兴奋。

是的，我们都很疲惫。

这份疲惫来自一诊。一诊过去一个月了，它留下的印记还是那么深刻。每年的一诊工作都是在跨年的时候进行。我们坐在这里，回望过去的一年，成绩已经凝固在了新年的钟声里，各个层面的分析总结已经很多，可是我们还是有那么多的话想说。

这份疲惫也来自一诊后的马不停蹄。这是一个学期以来累积的疲惫，高强度的工作令我们应接不暇，想小憩片刻——不敢，想降低自我要求——不愿，我们都是骄傲的树德人。

这份疲惫还来自对寒假以及开学就面对的二诊的隐约的担心。这是我们共同的担心，我们最近研究的课题全部围绕它展开。

这份疲惫令人担心、令人心疼，但是我们无法回避。于是我们坦然面对！

这周我们即将启动寒假规划，我们将指导学生对他的寒假做出有针对性的自主学习计划。下学期开学第一周我们就将做二诊停课复习的准备，所以21天的寒假是很有压力的。

回顾我们的一诊停课。那传说中的停课并不轻松。不必说各科指导性意见的拟定、两上两下修改计划的忙乱，也不必说推进过程中的修改调整，单单是克服其间的疲倦劳累就是一种特别的体验。请好好回味这一周的工作，思考自己在计划中的不足、自我判断中的失误、内容安排上的失当、练习取舍中的问题，这是我们自主安排学习的宝贵经验和教训。这既有技巧的指导，也有态度的指导。心静否、手勤否、志坚否？——在没有了老师督促的寒假中，我们又该怎样来指导学生？

我们需要评估这一阶段的复习教学内容。结合考点要求我们还有哪些知识点需要巩固、哪些模型需要练习、哪些内容需要拓展？

我们需要评估学生的学习成效。基础准确否、覆盖面宽广否、难度到位否？

我们需要评估这一整段的时间里，真正有效的时间有多少，从学科发展来看，每一个学科的时间又有多少？

这些分析，都是我们计划的依据。

我也观察到，这几年老师们的指导性计划越来越详细，而只要在计划上出现了的内容，学生就不敢轻易删去，制订计划就像做搬运工，学生调整的空间越来越小。同时，每次都会觉得学生拟制计划的时间不充分，计划在科任老师手中流传的时候其实并没有收到我们想象的精细效果，老师的针对性、个性化指导渐显苍白。

怎样才能把这项工作做得更好？我们的参考计划能否更加精简？规定动作是否可以更少一些？

这实际上是对学生自我学业管理能力的培养。它的价值在于培养孩子们自主规划安排的能力，分解目标，有序施行，稳步前进。我们所有的计划都只是建议，都需要引导学生做详细的自我的分析和评估，结合自己的实际情况进行调整，才有可能做出恰当的行动计划。否则只是按照老师的参考计划做，肯定是事倍而功半。

这种较长时间自主复习是学校坚持数十年的传统了，一直有着良好的效果，详细科学周密的计划指导就是最核心的秘密啊！

“我再看看你们”

2019 年的端午假期与高考完全重合，依然是牵动万千情思。

6 月 5 日 7：48，高三一位老师发出说说：“你们再看看题，我再看看你们。你们的付出，时光不会辜负。”配了一段孩子们最后的早读视频。

6 月 6 日 17：19，《人民日报》的微信公众号发表了一篇名为《高三最后一刻，老师说你们再看看卷子，我再看看你们》的推文，我的朋友圈里很多人都进行了转发。

6 月 7 日上午，2019 年高考第一天，全国Ⅲ卷的语文作文题引发网友热议。作文题目是一幅改编自“小林漫画”的作品，漫画场景是毕业前的最后一课，老师对学生说：“你们再看看书，我再看看你们……”

且不管满天飞的“官宣”，这寥寥数语，非常贴近生活，这最后的“看”可是我们“老班”们的基本功呢！

我们还真有盯着学生反复“看”的日子。高考前我们大概会安排 2～3 周的自主复习。该讲的老师们都已经讲了，该练的都已经练得差不多了，剩下的时间就交给学生，让他们再自己捋一捋，查查漏补补缺，看看还有哪些需要老师来指点指点。这种停课答疑的日子被班主任们戏称为"坐台"。

这是从早到晚的陪伴。老师们会提前指导学生拟制停课复习计划，在师生几番讨论后确定的计划细致而有侧重，都是"专属定制"。老师们会密切关注计划的执行情况，班主任从早到晚坐在讲台上组织自习，科任教师在走廊上等候为同学们答疑。这样的亲密陪伴让孩子们自信充实，沉着地迈向考场。

可别以为坐在讲台上看着学生自习是个轻松的事，这个"看"里面的学问可多了！

经验丰富的班主任总结出了一系列法宝：

"三看"：看眼，眼神是否专注。看手，手中是否有笔，是否在写写画画？翻动书页的频率是否正常？看坐姿，坐姿是否保持了一种合适的紧张感？这是为了观察学生是否专注，不专注的予以提醒，过于疲劳的则建议小憩一会儿。

"三查"：查计划上批注的推进情况，及时地指导学生根据实际情况进行调整；查学生练习的落实情况，对状态不佳的学生及时指点；查看草稿纸上批注的情况，了解计划推进的真实性和有效性。

您看，坐在讲台上深情凝望着学生的班主任有多忙！

"再看看你们"，小家伙们一个接一个地从班主任心头走过：

小D这两天有点睡不着觉，一会儿课间的时候要去给他减减压；小L这两天小练的错误率有点高，他心里有点怕了，午餐的时候可以聊一聊；小F的妈妈一向太紧张了，对孩子有点干扰，要给她找点事做分分心……

这份"看"的基本功是每一位树德老师必须要修炼的功夫。它是对学生深入细致的观察、恰到好处的提点，更是沉甸甸的师爱，那"如数家珍"的背后是无怨无悔的付出和守候。所以它不仅仅是一种方法的揣摩，更是一种爱生如子的精神传承。

"再看看你们"，目光中有不舍。高考如同一场别样的成人仪式。我们目送孩子们走向考场、奔赴远方。三年的朝夕相处、寒暑交替，我们看着孩子们从青涩走向成熟，军训时英姿挺拔，球场上生龙活虎，剧场上声情并茂，课堂上聚精会神……有人不理解毕业班的老师们为什么会有那么多的花式送考，那是我们对亲爱的孩子们的祝福。你的努力老师看在眼里，你的跋涉我们一路相随，送考的红衫为我们共同奋斗的岁月留下最美的祝愿。

“你们再看看书，我再看看你们……”

过度训练（一）

曾有一张题为“晒考卷”的图片在网上热传，秀气的小姑娘倚靠着三摞高高的考卷，据统计这些“从高一到高三基本没扔过”的考卷摞起来有 2.41 米。据说那位女生当年考上了香港大学。我不知道这个量算不算一个正常的量，但已经是令人咋舌了。

关于考试，有很多的花样，以时间为序有周考、月考、期中考、期末考，从目的上讲有俗称的零诊、一二三诊和自模考，还有些什么开学考、联考、过关考之类的，不一而足。学生高中三年所经历的各种训练远不仅此。

训练的重要性不言而喻，可是，我们的学生，尤其是高三的学生，是不是真的需要做那么多的题、考那么多的试？

老师们曾经讨论过，有没有可能把我们高三的定时训练调整为隔周一次？老师们的第一个反应：可以。第二个反应：会少练十套啊！它真实地折射出我们的矛盾心理。我们担心减了量会影响学生的巩固情况，一旦哪套题没练我们心里就不踏实。

我想这里有一个饱和度的问题。没有弄透彻的情况下，过量的练习其实是没有效果的。

体育界有一个“过度训练”的说法，指运动员由于疲劳的连续积累而导致机体出现功能紊乱或病理状态。它会导致持续的运动能力、免疫力下降，持续疲劳，且情绪低落、易烦躁，对运动生涯产生恶劣的影响。我们常常感慨学生缺少考试兴奋，没有感受到考前那种跃跃欲试的愿望，是否是已经考麻木了呢？这是否也是一种过度训练呢？

为什么会出现那么多的考试呢？我们把考试当作了一种方法、一个手段、一种策略。学生太浮躁了，考一考收拾一下；最近闷沉沉的，考一考刺激一下；文理要分科了，私心作祟，考一考“引导”一下……什么时候开始，我们的考试异化了呢？

为什么会有那么多的作业呢？教辅产业的蒸蒸日上令人惶恐不安，各种良莠不齐的教辅满天飞，部头越来越厚、拆分得越来越细、价格越来越高。各地的题扑面而来，只要有我们没做过的，就想让学生见见，生怕有所遗漏，尤其怕别人做了而我没做。什么时候开始，我们被教辅绑架了呢？

这似乎起于“比较”的心态：老师之间的“比”和学生之间的“比”。它已经超出了学校教学管理的正常评估范畴，违背了基本的教育规律和生命成长的规律。

它渲染了一种刻意的紧张，让老师的“教”和学生的“学”都以考试为中心，牵绊住我们所有教育改革创新的步伐。

它强化了“分数”这一单一的评价指标，挤压了教师专业成长的空间，引发“剧场效应”，破坏了学校正常的教育生态，模糊了教育最初的模样。“刷题”这个词是多么形象地刻画出了学生埋头题海不辨方向的模样！

当然，我们这里说的是“过度”的训练。那么这个最佳的“度”在哪里呢？

我们加强了油印室管理制度，所有的印刷必须要经过审批，以控制油印量。我们限定每科只能精选一本教辅资料，我们提出了“不增加课时、不增加考试频率、不增加作业量”的要求。但是这些只是“治标不治本”啊，关键的问题不是应该落在我们的教学研究上吗?

这世上的题有做完的时候吗？精选精练才是正道!

过度训练（二）

有这样一个传奇：

永远在数学考试中失败的法国人夏尔·埃尔米特被迫转去了文学系，文学系学生埃尔米特因为发表《五次方方程式解的思索》一举震惊数学界，他的大名大举进入数学教科书：埃尔米特矩阵、埃尔米特多项式、埃尔米特规范形式、埃尔米特算子以及立方埃尔米特样条。

惮于考试的埃尔米特还是教学高手。49 岁，埃尔米特终于被巴黎大学聘为教授。之后的 25 年里，几乎整个法国的大数学家都出自他的门下。

对于埃尔米特来说，数学考试究竟还有什么意义呢？

每年高考后都会有一波对数学考试的调侃，都会比一比哪个省的考题更难。高考题难了点还算说得过去，毕竟是全国性的选拔考试嘛，如果我们平时的学期检测弄出来年级平均分只有满分的百分之四五十，是不是应该算是命题上的教学事故了呢？

天才无法复制。考试，我们无法回避。但是，我们可以尽可能地提高我们考试的价值。

我们在常规教学中的这些考试目的是什么？应该是更为看重

其诊断反馈功能、导向和激励功能。试题没有质量，考试就没有意义。

有些考试比较随意，看到没做过的新题就拿来用，没有仔细推敲，导致考场上发现问题已经来不及处理了。这种情况有，但是不多，更多的是认真地出了一些废题。拆开看似乎都不错、各个题都好，合起来就只能是差强人意，层次模糊，表达生硬，过于纠结于某一处，合卷缺少大气、新意，在能力考查上面没有有效的路径。

我们常说考基础、考能力，可是什么样的试题才能真正考出能力，或者说怎样具体地帮助学生提高能力，我们还显得无力。这也同样反映在我们的课堂教学上。就题讲题可能还没有太大的问题，举一反三的拓展，带着学生一起的梳理、归纳、总结就显出教学功力上的差异了。一次在和学生做个别交流的时候，学生说起一个老师给他开出的建议：多问问题—多看书—多去“悟”。这孩子基础还可以，平时也很认真，改错也做得规矩，不是说勤能补拙吗，问题也问了，书也看了，怎么去“悟”嘛？老师的点拨之处在哪里？

教学过程一味地督促其勤学苦练，没有正确的学法指导，学生就会收获寥寥。这种能力立意的试题命制，考的是老师们专业研究的深度和精度，考的是老师们对学科思想的领悟。

有老师总能为难度失当找到理由：我们对位的是高考难度，我们的训练有时还没到高考难度呢！可是高考是相对规范的难、有层次有侧重的难，而且高考是高中学业结束后的选拔性考试啊！

我们也曾经讨论过，教学难度是一步到位好还是逐步到位好，似乎在理论上大家都认同逐步到位，可是在我们的平时训练中并没有能够落实到位。市面上流行的教辅资料中，高一练习里甚至就已经出现了接近高三难度的模拟题，我们的老师是否把它剔除出去了呢?

好多孩子们是在一次次的失败打击中度过他的高中岁月的。有人说现在的孩子太脆弱，一点挫折都担不起，可是我们也要想想，人为地让学生失败究竟有什么益处，学生抗挫能力的提高是不是舍此以外别无他途。实际上学生抗挫能力的提高是以成就感和愉悦感为基础的。没有成就和愉快的体验，学生失败越多越没有信心。其结果只能是在一次又一次的失败中强化学生不恰当的能力定位，降低学生的自信心，使得部分学生对教师的这种“挫折教育”持抵触情绪，影响了教育的实效性。我们必须要反思的是，我们命制的试题，是否遵循了知识认知的规律和学科体系的要求?是否有助于给学习中的孩子们一个公允的诊断和激励?

考试，考的可不仅仅是学生，考的也是为师者的专业能力和教育理解。

过度训练（三）

有学科不断地反映学科课时不够，××学校的课时比我们的安排多，我们的教学很紧张！

有老师不时会去找班主任帮忙协调出时间“补”点东西，把学生的自习时间“一占到底”。

有家长提意见，反对我们高三大假不补课。

……

我们 2015 这一届阴差阳错成了补课最少的一届，没有了暑假里第二段的补课，没有了星期日下午的返校。一开始我们也很担心，也觉得进度上很紧张，可是在大家的统筹规划下，我们的进度、训练、成绩最终并没有受到明显的影响。今天，新的高三可能也是暑假补课最少的。

这一届我们的课表周课时为 45 课时，除了健康和班会的 4 个课时、年级统一考试的 2 个课时外，还保证了每天一节自习课，但是各个班落实的情况有差异。有的班把自习分给学科上课辅导了，有的班自己用来考试了。班科分析会上我们也许会决定向薄弱学科倾斜，请相关学科承担一节辅导课。如果有需要集中讲的问题是有必要的，但如果课堂教学质量本身的保障不够，增加时间则只是增加学生负担。其实从学校管理的层面，是在有意地压缩学科统一教学的时间，希望更多地在效益上面做文章。

语文就是历来没有多占时间而又能取得很好成绩的一个学科，不管是在平均分还是各个分数段上表现都不错，它的成功来自哪里？看看老师们的教研、自编的各种讲义资料、原创的练习就可以知道这个组在学术上的追求和对自我的要求。我认为能够自编讲义、能够原创练习说明老师们是把考纲考题钻研得透了的。钻研透彻了，课堂讲评、指导的针对性自然就上去了，对练习的分析就更清晰了，效益也就提升了。

假设有这样的课堂：讲评练习 30 分钟，新课教学 10 多分钟。新课匆匆，练习题又是来自各地的模拟题之类的，难度直接对接高考要求。学生自然是做不起，老师讲评的内容就很多，继续挤压新课教学的时间，布置重复训练的量就增大，以此恶性循环，个别课堂陷入“难度讲不清楚、基础又不屑于讲”的尴尬处境。

当然这是极端的情况了。但是我们在计算教学成本和学生学习成本的时候，必须去关注投入的时间问题，教学时间的效度即强调教学的有效性问题，优秀的教学质量不能靠时间的堆砌而成。

优秀的成绩、健康的体魄、良好的品格、阳光的性格、不错的人际关系、对新鲜事物的好奇与尝试……无论谁来排序，成绩都不会被放在第一位，学校教育、家庭教育、社会教育很容易在理论层面达成一致。所以，放在整个三年的学段里来看，中考、高考的成绩只是我们的目标之一，其达成的手段和方法不能违背居于它之上的目标。我们现在更多的是在思考做形式减法的问题，这显然更难。郑板桥所说“删繁就简三秋树”，那么简约的几笔是否能够抓住训练的本质，取得“领异标新”的效果呢？

像花儿一样绽放

轻轻推开会议室的门，18 位年轻老师正围坐在一起欢快地交流，脸上洋溢着笑容，这是我们这个年轻团队的一次集结。18 位老师中，有才出校门加入教师这个职业中来的，有从区里其他学校调配过来的，有整合过程中留下的，有从外地应聘过来的……大家怀着美好的愿望凝聚在这个历史悠久的“新”学校，“协进兴邦”“智勇诚朴”就是我们的信仰。

我们刚刚完成一次集体亮相。历时两周，领办后的首次青年教师汇报课结束了，18 位教龄在三年以内的教师献课，两百多人次听课，各教研组大力支持，组织了及时深入的评课活动和专题研讨，区历史、化学等学科教研员到校指导，汇报课取得了很好的效果。

纵观整个活动，参加汇报课的所有教师十分珍惜这难得的互相学习、切磋、展示自我、提高自我的机会，每位教师都做了充分准备，备课环节上很多教师不仅查阅了大量资料，而且虚心求教指导教师，精心准备，多数教师反复磨课；组内老师热心帮助、组织说课、试讲评课，对每一个知识点、教学环节反复探讨、修改，不仅使参加汇报课的教师收获颇丰，而且其他教师也受益匪浅。活动带动了全校教师对课堂教学的研究，推动了教研组、备课组研讨文化的建设，促进了教师的成长。

18 位青年教师的学科知识功底比较扎实，教学基本素质较好，如李绍军老师的思路谨严，姚莹、张秋玲老师的亲切引导，贾侦侦老师的课堂激情，等等。有不少老师的教学过程反映了新课改的基本思路，自觉或不自觉地开始运用了新课程理念，活动性、探究性得到了较好体现，给观课老师留下了较深刻的印象。

贾侦侦老师注重对学生笔记能力的培养，秦雪莲和吕丹老师注重引导学生科学合理地推断并辅以实验验证，这是对学生探究能力的培养；何靓老师注重学案的使用，坚持在教学中运用自编学案；董永祥和罗赋老师借班上课，挑战自我。老师们能够结合授课内容，设计生动直观、科学合理的多媒体课件，增加了课堂的容量，丰富了知识内涵，比如李欣老师对《泰坦尼克号》片段的运用。尽管本次汇报课多是走上讲台不久的新教师，但他们的课前精心准备、课中挥洒自如、课后主动地和听课教师交流沟通，表现出勤恳务实的态度，可以预见，不久的将来他们将成为学校教学的骨干和中坚力量。

新人难免不足，比如对学生的关注不够。

一是体现在课堂上学生的有效活动不足，师生有效交流不够。

老师们备课备知识点比较充分，普遍内容较多，大多预设了拓展训练，准备了配套的学案，三位老师安排了小组活动，但是学生活动的有效性不够。一是活动不充分，安排学生自主学习探讨的时间从量上来讲就不够，还未展开就匆匆收场，浅尝辄止。二是活动的思维深度不够，浅层次上的群体作答比较普遍，更多的是牵着学生急急忙忙地按照预设跑，急于把学生归顺到自己的思路上来，为了完成任务的教学，而忽略了课堂真实的生成。

所谓“不愤不启，不悱不发”，启发的前提是欲明而尚不明、欲言而不能言，其间应有一个思维反应和思维酝酿的过程，故无论是自问自答，还是师问齐答，抑或师问生答，都应留下有效的时间。同时，有些问题的深度不够，启发的价值不大；有的问题的表意较模糊，启发的指向性不明；有的问题的预设性过强，启发的空间受限。

要注意“信任学生”，尽量让学生展示、呈现他们的思维过程，在过程中去把握学生的真实情况，及时调整课堂教学。

二是体现在能力培养的训练点不够落实。

老师们经常抱怨学生的动手能力差、归纳概括能力差、计算能力差、书写不规范等，那么我们就要思考，如何在平时的教学中培养学生的这些能力，常说的双基训练怎样才能落到实处。教学过程中，老师们往往重思路的讲解，轻具体过程的板书落实，以为学生懂了就讲下去了，板书呈现不完整、不规范，学生缺少正确的刺激；对笔记要求不落实，学生不知道记什么、怎么记，笔记缺少系统性、条理性，归纳概括能力训练落空；学生错题整理不落实，自我反思、消化的过程缺失。这些问题都还需要我们在教学中进一步钻研。

感谢老师们为新学校带来的活力和希望，也希望老师们在这里成就自己的职业辉煌。

希望老师们不断加强业务素质的钻研和学习，提高自身素质。

广泛地阅读观摩。多读书，经常翻阅相关杂志和经典教育著作，发自内心地、虚心地向同行学习。读课，多听课，听指导教师的课，听其他教师包括其他青年教师的课。不但是本教研组的课，其他教研组的课也要听；不但是本校老师的课，其他学校的课也要听。

刻意的训练模仿。对教师基本素质进行专门训练，如口头语言表达能力、板书能力等，提高课堂教学的表现力和感染力。入职初期的模仿是必要的。

精心准备每一节课，向课堂 40 分钟要效益。把平时的课当公开课上，把公开课当平时的课上，对每一节课都要精心准备。认真钻研课程标准和教学大纲，认真钻研高考要求和方向等，认真研究学情，找到学困点、警戒点、兴奋点。注重课堂效益：课堂上的过手；“为理解而教”；把握量与难度的分寸；让学生在课堂上动起来。只有老师感动了才能感动学生，只有教师把自己说服了才能说服学生。

加强教学反思，积累教学经验，尽量减少“亡羊补牢”的事，逐步提高教育教学水平。反思教学过程中的问题和经验，及时记下来，能写教育日志更好，上升到一定理论高度更好，

这就是我们的教育小论文的基础。

有老师说“我真的很忙”，每天都是一大堆具体的事务，被作业批改、督促学生过手、找学生谈话、备课、开会等压得很紧，一天下来只想做“葛优瘫”，哪里有时间做反思、写随笔嘛。我们要注意一个认识误区——必须有一块完整的时间，必须有一个安静的环境才能学习。其实我们的学习是随时可以进行的，除了专门的学习，如暑假教师集中学习、外派开会和培训学习、教育学院的继续教育、听专家讲学等，平时有很多学习的机会不为我们注意，例如教研组和备课组研讨、政治学习、青年教师学习小组学习、高三分科会、参观学习、读书看报学习等，我们应在我们所经历的这些活动中去感悟、去思考，从而获得提高。

所以还很重要的一点是我们是否有“教育头脑”或“教育思维”，也就是说我们能否有一种敏锐，自觉地运用所学的教育理论去分析研究我们的教育行为或我们所感觉到的教育现象。“立竿见影的不是教育”，教育理论不是给我们一个直接的、具体的操作方法，也不可能给我们一个立竿见影的效果，但教育理论会给我们一个正确的教育思维方法，给我们一个探求正确操作方法

的方向，给我们一个判断教育行为是否科学的参考依据，所以那些对“理论”抱着天然的抵制和排斥的心理的人应该抛弃偏见和理想化要求。

果如是，我们将会根深而叶茂，青春如花儿般绽放。

有空和我一起去听课吗？

下午上班的时候，生物组新来的小姑娘急急忙忙来找我，不知道我上午到处找她干吗。小姑娘一脸的拘谨。

“嗨，我是打算去听课，想请你帮我从学生的角度去观察老师，做一些记录，让我们能够对课堂教学做一些具体的分析。”我拍拍她的肩，笑着说。

“你看，就是这样……”我翻开我的听课记录，一点点把标记的东西解释给她听，请她记录教师的课堂要求和学生的行动情况，比如问答的情况。

小姑娘松了一口气。我们把全校课表展开，选了一堂高二的生物课。然后请小姑娘去给那位老师说一声，表示我们是去学习学习的。

离上课还有五分钟的时候，我们进了教室。课代表正在发放家庭作业的练习册。我带着她随意地翻看着学生的练习册，看上面教师的批改和同学的改错。我们也翻看学生的生物书，看到上面也有不少的批注和便利贴，各种符号、颜色反映出同学的认真。我边看边表扬那位老师的要求细致、落实到位，小姑娘若有所思。

上课的老师很快就来了，利落地把课件打开调整好，观察着学生上课的准备。相互致礼后便进入了正式的授课。一堂课如行云流水，环环相扣，内容充实而无冗余，节奏紧凑而并无紧迫之感。小姑娘一直认真地记录着这位老师对学生发出的各项指令，还把用时记录了下来。

课后，我们仨便在办公室里交流起来。小姑娘先来讲她观察的情况：

老师，您先要求学生回忆了上一课的内容……

老师，您在这一个知识点上问了四个问题……

……

L 老师边听边介绍了自己这样安排的原因，细细分析了这样处理的效果，补充了小姑娘没想到的地方，我则时不时地或补充或提问或发散，不知不觉聊了好半天，险些误了后面的会议。我感谢了小姑娘帮我做下的这些记录，小姑娘也若有所思。

今天的听课其实是有原因的。

她是一位新入职的老师，来自一所知名的工科大学，有教师资格证却没有接受过师范培训，也没有学校实习的经历。开学仅仅三周，她所任教的几个高一班级就对她的教学情况提出了意见，指导老师和年级分管干部都对此表示了关注，做了一些沟通和协调，个别班级的意见还是比较激烈。而由于有老师怀孕请假，生物组的老师们这学期的工作量都比较大，相应的对她的指导就略显粗略了些。

确实对初入职的老师来说，站稳讲堂的挑战是很大的：不会组织课堂教学，不懂得课堂管理；理解不透作业训练的针对性，不能领会教材编者意图，授课时不能凸显重难点……来自学生、家长的怀疑一点一点传递过来，难免让人手忙脚乱。小姑娘温柔腼腆中带着执着、勤奋中带着思考，只是还没有适应这种快节奏的教学场景，迅速地把自己的身份切换到教师这个角色中来。

我有几个小小的建议：

第一步是以饱满的热情投入工作之中，认同眼下的工作岗位，珍惜成长的平台，每天把自己收拾得清清爽爽地走上讲台，积极乐观地面对挑战和困难。

第二步要学会读。投入大量的时间反复阅读教材和配套的习题册，结合学科课程标准、教学大纲等，用心揣摩教学的重难点，弄清楚每节课的教学目标。有一种所谓的“捷径”我是极不赞同的，那就是在网上找些现成的课件或教案来拼凑组装。表面上看中规中矩，似乎什么都清楚，一讲起来就露馅了。没有自己深入的研究、在原始资料基础上进行的研究，是不可能把要讲授的内容真正弄清楚的。这是治学的基本功，也是一种必备的严谨态度、负责任的态度。

第三步是学会观察。看身边的同事们在怎么做，观察“师傅”的课堂和备课，观察他们怎么和学生、家长相处，从模仿起步去学习，印证自己琢磨时的心得体会，不明白的地方就主动去请教，不要害羞。同事们都是很乐意帮助新老师的，在新老师身上大家看到了自己成长的历程，所以一定要多向同事们请教。

第四步是学会思考。模仿不是原样照搬、依葫芦画瓢，而是要思考别人为什么这样处理教材、为什么要有那几句话，自己的课堂中该如何来借鉴，在模仿的基础上融入自己的反思和改造。也对自己的每一堂课进行回顾和反思，成功和不足之处都是自己成长的养分，让我们及时地优化自己的教案，一点点得到提高。

对于新入职的老师，同伴的呵护指导非常重要。记得在芬兰做教育考察的时候，我们接触到的教育官员和校长们多次强调，芬兰的教育是建立在“信任”基础上的，用激励去代替监督，让老师们在一个良性的教育生态环境中工作成长。回想自己成长的道路，也曾磕磕绊绊、懵懵懂懂，搭班的班主任、分管的领导总是鼓励我，师傅在我上公开课的时候一直站在会场最后一排给我压阵……所以，请允许新老师有失误、有失败，给他时间和空间成长，用信任去呵护他初入职的热情和豪情，用具体清晰的建议去帮助他尽快地克服困难，用校本的新教师培训课程去引导他熟悉自己的工作，使他真正地融入我们的团队中，融入学校的文化。

做一个“目中有人”的教师

一位年轻老师上公开课，挑战自我选择了庄子主题阅读——“魅力庄子”，这是个高难度的课题。

这是针对高二学生设计的，安排学生对庄子思想进行探索。该老师补充了《庄子》中的五个课外语段，虽然紧张得不苟言笑但却出口成章，文采斐然，把自己对庄子的感悟表述得酣畅淋漓，也大体完成了授课内容。

评课的时候，所有的老师大赞此课的“才”，对教师极高的文学素养推崇备至。这是一个有趣的现象，潜藏着的是老师们教育观念上的差异，评课标准表现出老师们不同的学生观和课程观。

首先是教学目标的准确性问题。

一是从学科知识体系上来看它的准确性。教学目标是教学的出发点和归宿，是课程目标的下位体现，指向具体的教学环节和学生，其设置是为了有效地引导教学活动。它应该准确地反映课程对于这一堂课的具体要求，对学生应达到的知识、能力水平做出准确的描述，并且对于达成的路径、检测的手段有介绍。教师在拟定教学目标的时候，需要对这一堂课在整个知识体系中的地位做出判断，了解知识点相互之间的关联，了解各项能力、素养培养在这一具体阶段中如何体现。

二是要从学生的知识储备、生活储备的角度来看教学目标的准确性。

本课的目标是“通过对课内外庄子作品的选读，感知庄子思想的内涵”，此处用了“感知”一词，即定位于比较粗浅的了解，更偏重于一种思维层次上的引导，这作为一种向课外的延展也是有必要的。从教学设计的初衷来看，老师对课程要求、能力培养有比较准确的理解。

在教学实践中，我们常常发现老师们唯恐给学生讲浅了，往往微言大义，尽量深入却难以“浅出”，讲浅了似乎就是教师的水平不高、功底不深，拿出来观摩的课尤其如此。所以，当一堂以诵读为主要目标的课呈现出来后，很多教师觉得这样的课和自己平时的课没什么两样，在这样的课堂上难以施展教师的才华；而课外的拓展却有了很大的发挥空间，本课目标最后生成是“感知”还是“领会”就不再容易界定了。所以当五个课外语段呈现，老师在学生初步感知后把自己的体悟“渲染”出来，进而又归纳出庄子思想的五六个特点加以印证，得出“天道无为，万物自化”的结论，追问学生“何谓道，能理解吗”，这个问题就是听课的老师也未必能流畅作答，学生便唯有沉默了。这可能已经超越了老师设定的“感知庄子”这一目标了，可见自己设定的教学目标并没有在老师的心里生根。这是老师对教学目标的定位不准确造成的。

其次是教学活动的实效性。有了好的初衷、设置了比较准确的教学目标，教学活动能否达成这些目标就又是一个考验。年轻教师准备得不可谓不充分，学生活动不可谓不多，但是毕竟是初次见到五个课外的语段，文意的理解尚需花费时间。每个语段的处理均如下：

师：请同学们拿着笔勾画语段中字词的重难点，理解语段的大意。(师巡视，有些紧张)

(两分钟后) 师：好了，现在大家已经基本读懂了，请和你的同桌交流一下，这段文字反映了庄子的什么思想？

(两分钟后) 师：我们请两三个同学来谈谈自己的感想。

师：同学们都谈得不错，老师认为……

五段分析后，教师投影出“人们约定俗成的对庄子的评价”五六条，再归结到“天道无为”的“道”上，追问“请举例说说我们可以向庄子学什么，谈谈你的体会”。

学生的答案五花八门，不乏比较出格的：学习工作不要那么累，要会顺应自然；看破生死就能视死如归，比如黄继光、邱少云……老师却没有及时引导纠正。

又安排学生写一段感受，要求要“有思想、有文采、有深度、有新意”。投影展示了两位学生的作品，都是一组排比句。

最后大家一起来分享老师的感受，老师深情地朗读自己的作品。

很明显，这堂课的内容安排得有点多，老师也尽量想让学生充分展示，可是很多环节学生还没有深入就停止了，在老师的潜意识里完成预设的进度才是首要的。

这些问题并不隐蔽，又为什么我们的听课老师并不提出来呢？这里面可能有对同事关系的顾虑，有对老师辛苦准备的体谅，也有我们老师自身的认识问题。如果一堂课后，只留下了对授课老师才气的赞叹，是不是我们也同时忽略了什么呢？学生又在这堂课中得到了什么呢？

上课的目的是什么？是让学生学到东西。我们的老师们在听课、评课的时候更多的时候是在关注老师的教，而没有能够把更多的目光投到学生身上。这隐含着对教学主体的认识和认同的差异。人们熟知的是“学生为主体，教师为主导”，可是在实实在在的课堂中，究竟怎样才算真正落实这一点？有人提出应该改“听课”为“观课”，这是很有道理的。只有关注了学生投入的状态、思维活动的深度、或愉悦或紧张的表情、讨论交流的实效，我们才能在第一时间把握教学的效度，从而及时修正课堂教学活动，调整课堂教学的目标。课堂是老师展示才华的舞台，但老师应该是导演，不宜“挺身而出”，包办代替。所以课堂设计的出发点是学生，而不是老师，我们要把精彩留给学生，让学生的精彩成就老师的精彩。

准确的教学目标是应该体现出层次性的，这包含基于知识技能难易的层次差异，也包含基于不同学生层次的差异，教学活动要尽量兼顾到大部分学生。献课的班级来自普通中学，学生的语文基础并非优秀，在短短的一堂课里呈现他们对庄子思想的感悟本就有难度。如果我们这堂课立足于让学生“情有所感，思有所动”，就应该更多地让学生把他们的“感”和“动”吐露出来，及时评价指导。如在每一个文段的学习时，文意理解更细致一些，谈自己的感想时把时间给得充分一些，而不是急于把教师自己的感悟抛出来。语段少一点没关系，可以和课内的文章结合更紧一点，使拓展更有迹可循，不至于屡屡冷场、被老师牵着鼻子走。这肯定会影响教师本堂课的进度安排，但是当教学标高超越了学生实际情况的时候，教学进度让位于学习的接受进度是不是更合乎教学的本质呢？我们是不是可以反思如何通过更有效的途径来提高学生的接受进度来达成目标呢？有效的课堂需要我们正视学生的基础，正视学生不同层次之间的差异，在课堂上给多数学生以活动的空间，这才是真正的以学生为本位、务实的探究。

什么样的课是一堂好课？什么样的课是一堂有效的课？授课的“深浅”由谁来评判？关键不是看老师的“教”，而是看学生的“学”！只有真正认识到这一点，做一个“目中有人”的老师，才可能带来课堂的真正的变革，带来课堂的生机！

“你们”和“我们”

这几天都在听课，有几个挺努力的年轻教师的课也设计得不错，表达也很流畅，但总觉得听得不舒服。想来应该是课堂中的一个高频词引起的——“你们”：

“你们班这次的作业很不好！”

“你们懂了吗？”

“你们……”

这个“你们”一下分出了师生之间的距离，隐隐有一种隔绝感。

从小处来说，是一个说话的技巧问题。如果换用“我们”，自然就会带给学生一种亲切的感觉，更容易获得学生的认同，学生会觉得老师是真正爱护他们，把自己也看作了这个班级中的一员，和他们共荣辱。别看他们已经是高中生了，还是很孩子气的。于大处来说，就可能关涉到学生观的问题了。我们追求的是“平等中的首席”，尊重这些尚显稚嫩的孩子是所有教育的先决条件。

还有一个细节，有两位高一的老师在课堂上还不能叫出学生的名字。和其中的一位交流时，我问他“去年当班主任的时候花了多少时间记住学生的呢”，他笑而不答。那可是一周时间，绰绰有余啊。这个时间差又能说明什么问题呢？这是不应该出现的情况，“走近”尚不能做到，又何谈“走进”呢？

20 世纪 80 年代有一部电影叫《苗苗》，片中那位纯洁可爱的韩苗苗老师对淘气的学生说：“从今天起我是你们的老师，不过我还想成为你们的朋友。”在曲折的成长历程中，她的苦闷和欢乐、辛酸和甘苦就那么朴实地呈现出来，获得了孩子们真诚的接纳和爱戴。片中似乎有一个细节，略带口吃的小女孩在梦中成了老师，她模仿着敬爱的苗苗老师，提前下足了功夫，在第一堂课上就亲切而随意地叫出了每个孩子的名字，孩子们的眼睛一下就闪亮起来了。这份模仿就是对老师最高的致敬。后来我偶然得知，这部电影的英文名称叫 *The Young Teacher*，获得第二届国际儿童电影节最佳儿童影片奖和第一届中国电影金鸡奖特别奖。

也有老师很是委屈：“我天生脸盲，真的记不住啊！”

一位我所熟知的校长，闲聊时说起高三学生对她的依恋，喜欢找她交流，谈起那一个个学生时如数家珍，“我基本上叫得出所有高三学生的名字”！我非常惊讶，因为我知道她那所学校规模不小，作为“一把手”，她事务繁多、分身乏术。“肯定不容易啊，学生们只知道我随口叫得出他的名字，却不晓得我每天在教室外观察的时候都在悄悄对号去记呢！时不时再找两三个聊聊，只要用心，哪有记不着的。”

也许我们在记住人的姓名时确实不擅长，但是我们可以用很多办法技巧解决这个困难。比如答疑时的一对一可以记，自习课上可以对着座次表不动声色地识别记忆，课堂上有意识请对不上号的学生发言可以记，还可以对着花名册默想学生的相貌，等等。关键在于我们是不是把它当作了一项紧要的事情。如果开学后迅速地能在课堂上自然地叫出学生的名字，学生的欣喜、被重视、被尊重的感觉会多好！就算是学生开小差被准确点名，也能获得更好的警示效果。这里面特别要去记住容易被忽略的那批的学生的姓名，他们往往并不突出，不好不差，没有特长，内向而不敢主动亲近老师，却在不远处敏感地观察着老师的一举一动。

其实，在课堂里的感觉真好，在学生堆里的感觉真好！想要成为学生喜欢的老师吗？请从记学生名字开始。

情人节里的相逢

我们在春天里重逢，心情随着春光而明媚，希望的种子在我们的心田萌动，一份盎然的生机在酝酿。

一年最是春好日，生命的触动、交融构建起一种奇妙的亲密关系，从某种意义上说，关系就是教育力。今年我们恰在情人节这天开学，有老师微信说“我要去陪我前世的情人过节”，那说的就是和儿女的相处。也许最好的师生关系，也应当是情人那样。

有老师总结说，情人关系至少包含着这样的要义：平等、自由、信任、尊重、理解、宽容、赏识、关爱。平等与自由，是情人关系得以建立的起码前提；信任与尊重，是情人关系能够发展的根本保证；理解与宽容，是维持情人关系的重要措施；赏识和关爱，是情人之所以能够成为情人的明显标志。当然这只是个比喻，而地球人都知道，任何比喻都是蹩脚的，用课程思想来表达就是：人文、和谐、民主、平等。

如果从教师自我修炼的角度来看，达成这样的情人关系我们得要具备“爱的能力”。积极心理学流派的代表人物诺斯拉特·佩塞施基安（Nossrat Peseschkian）认为爱的能力包括爱人与被爱的能力，并把这种能力称为“第一能力”。

“爱”有“爱人”和“爱己”。《墨子·大取》说：“爱人不外己，己在所爱之中。己在所爱，爱加於己；伦列之，爱己，爱人也。”这是说爱别人并没有把自己排斥在外，在爱别人的同时也就爱了自己。

“爱己”似乎很容易，爱惜自己的身体和生命，爱惜自身的形象和影响，就是在人格上自尊自重、自信自强，在专业上严谨治教、不断精进。这不是说强调维护传统意义上的师道尊严，而是“德高为师身正为范”的自我鞭策。

“推己及人”不易。这里的“爱人”偏指的是“爱生”。师爱是一种“幼吾幼以及人之幼”的本能，设身处地替别人着想、从学生成长的角度出发即为“爱人”。这是一种换位思考，是“站在他人的位置”体验他人的内心和精神世界，以接纳的态度理解对方，从学生的阅历、心理出发去理解、体验学生的言语以及言语背后的内容。这意味着我们要主动体察他们的各种需求和情感变化，用他们的眼光看待、分析、审视教育教学中的所作所为，走进学生的心灵世界，表现出对他们的回应、关切、理解和珍惜，获得他们的尊重和信任。

可是，我们会不时看到有些老师学生喜欢去亲近他，有些老师则被“敬而远之”，这就是“被爱”的能力差异。你要能够表现出你值得去爱，你要能够体察到外在的善意、相处细节中的潜台词、学生的情绪并给予恰如其分的回应。

一个男孩子兴冲冲来找班主任，说他们策划了一个活动，目前同学们都很期待。“都到火烧眉毛的时候了，你们还把心思放在这些幼稚的事情上！”一瓢冷水泼下去，叫停的只是一堂班会课，熄灭的是学生干部的热情。

一个孩子鼓足勇气排在队伍的最后来到你的面前问问题，“这种题我都讲了 N 遍了，你上课在干啥哦？”可能这个孩子再也不愿意来向你请教了。

……

修炼“被爱”的能力需要我们学会“放下”。那是一种“虚心清静、损气无盛、无思无虑”的态度，放下偏见或者至少将偏见暂时抛到一边。我们不再为任何固有的观念、前见限制，不再有先入为主的态度和行为，不再视野狭窄，那些创造性的潜能和可能性逐渐得以彰显，我们也得以走进学生和同事的心灵，真正听懂他们的言说。

修炼“被爱”的能力需要我们学会反省。那是在相处的过程中，对自己的意识、方式、态度、行为等进行审视、监控与评价，以保持真正的“开放”和真实的“接纳”。“别裁伪体亲风雅，转益多师是汝师”，那些与我们的观点和看法不一样的见解、与自己思路相左的话语或结论甚至批评的话语，敦促着我们取长补短、不断前进。

修炼“被爱”的能力需要我们学会包容。君子有容人之雅量，更何况是老师呢，多一些细致的观察，看看现象背后真实的状况；多一些观心自省，少一些挑剔苛责。因为我们也并不完美，更何况这些还没真正长大的孩子。有好些冲突其实都是没必要的，就像有老师一点儿也容不得学生或家长提出意见或质疑，为些许小事大发雷霆，究其根本还是面子心理在作祟。

哪位学生不喜欢可亲可敬的老师呢？这一场相逢其实就是一段师生共同修行的旅程，爱和被爱都是一种能力。春来花满园，每一位教师、每一位学生各自灿烂，万紫千红，这就是我心中最美的校园。

尊重课堂

前些时候接到一个电话举报，显然是一个学生打来的，说是他们班的一节体育课老师没来，他们没能上成体育课。我们立即进行了调查。那位体育老师很是委屈，说是在操场等了学生十多分钟也没见人影，原来是有老师把那堂课做了其他的安排。估计学生是气不过才有了这番举报的行为。

不久，又有一位体育老师气呼呼地来反映，一节课有三十多个学生被另外一位老师留在教室里做过关练习，以准备半期考试，弄得她这堂课压根就没法上。

到临近重大考试的时候，总是会有这样一些事件冒出来。这让我很是感慨。我想起了自己当年的经历。

那是我刚到学校来的第一年，我还记得那是一个星期四下午的课，我上完课后留了两个学生在办公室里补作业，不补完就不准去上体育课。我那天很生气，觉得学生不把我的要求放在心上，对我的学科不重视，所以一心要收拾学生，树立起我这个年轻老师的威信。

那堂体育课开始没多久，体育委员就跑来找我，转述体育老师的话说：让那两个同学马上过去，那是他的课，我没有权利从他的课上拎人。初一的小男孩不懂如何更加委婉的表达，当着那两个我想立威的学生面，直接的转述让我很是尴尬，我只得悻悻然放走了事。事情过去二十多年了，我还是记得那么清晰。我惊讶于一位老体育教师对于自己专业、自己课堂的看重。从那以后，我再也没有耽误学生的任何一节其他学科的课，即便是当了班主任以后，我也不轻易停学生的课。

最近这两件事与我当年的经历多么的相似啊。我想这里我们可以从两个角度来看这类事情。

第一个关键词是“尊重”，指的是尊重其他学科、尊重他人的课堂、尊重学校的管理制度、尊重每一个学生个体学习的权利。

每一门课程都有它存在的道理，谁能说就只有高考学科高贵呢？所以我们没有权利鄙薄任何一门课程，包括所谓的豆芽学科，就不应该有强势学科和弱势学科之分，更不应该理直气壮地让其他学科为自己让道。

每一位老师都有着自己的课堂阵地，在自己的课堂里，老师就是统帅三军的领袖，我们在自己的阵地里没有处理完问题，有什么权利去从别人的课堂里面拎人呢？

任何一所学校的管理制度上肯定都会规定类似情况属于严重违纪问题。既然是学校的明文规定，又怎能成为空头摆设呢？显然这实际上就成了一种公然的挑衅。这还有一个同事之间相处的问题，出了这些事件、事故，我们的板子打在谁的身上？我们要尊重身边的每一位同事，不让别人为难。

同时，学生学习这些课程的权利是可以随便剥夺的吗？借关心学生、加强个别教育之名，强行把学生留下来做那些重复的机械训练，眼前的考试分数究竟是为学生还是为老师自己而抓？

第二个关键词是“理念”，指的是我们老师的教育理念需要真正地提升。在追求卓越人才培养道路上，我们需要真正去消化那些书本上的名词，真正意识到体育、美育等课程之于人的发展的重要性，从而提升我们的精神境界，抵达超越人我之见、超越功名利害的境界，获得真正的幸福。现在，学校提出全面展开“卓越教育”，明确卓越课堂的审美追求，使师生都能超越技术、技巧层面获得教育本真的快乐，那么我们在实际的行动中该如何落实呢？那样多的新理念、术语难道就只是一种时髦的装饰吗？我们在各色论文中侃侃而谈新课程，谈以人为本，谈学生的全面发展，可是我们真的从内心深处认同这些东西了吗？知行合一是多么的不容易啊！

从“跑团”到学校体育

有老师盛情邀请我加入他们的“跑团”，我很是惴惴。于体育类活动，我一向懒散，尤其怕吃苦受累，从来健身卡办来只能作为心理安慰。这个自发组成的“跑团”，参与者有新入职的年轻人，也有接近退休年龄的老教师。经常看到他们邀约着在操场上跑步，相互督促、相互鼓励。这都是热爱生活的人啊！

快节奏、高负荷工作的日常，使运动成为改善身心的首选方式。

团员们说沉醉在那种大汗淋漓的痛快中，整个人都会变得舒展而灵敏。这是有科学依据的。心理学告诉我们，运动能促进认识能力的发展。因为我们在运动中随时都要能对外界物体做出迅速准确的感知与判断，同时迅速感知、协调自己的身体以保证动作的完成。这样长期的运动便能促进我们感觉、知觉能力的发展，提高我们的反应速度和直觉判断能力，使人变得敏锐而灵活。

同理，我们自然地关注学生们的运动，把这种健康生活的理念传递给他们。我们高兴地看到班主任们在高三寒暑假的集中补课课表中安排了体育课和心理课的时间，在课间的时候督促着同学们走出教室略做活动。

树德对于运动的重视由来已久。1929 年，树德创建于民族风雨飘摇之时，时任校长提出“身心并健、五育同尊”的理念，每天下午 4 点钟，全体学生走出教室，到操场上参加各项体育运动，意在“健我体魄，励我精神，强我民族，壮我国魂”。学校的秋季校运会也有唱道：“金风作，暑气消，庭院清凉，天高气爽，丹桂正飘香。转眼黄花遍地，佳节又重阳。丁花国事蜩螗，敌寇披猖，亟宜卧薪把胆尝，何暇恋景光。漫迈登山临水乐，兴亡责任要担当。快归队，速成行，齐集操场上，来玩玩铜球、铁饼共标枪，遇障碍，莫要慌，跑径赛，定要忙，争个胜负较短长，志向要挥张。练就钢筋铁骨，气体刚强，好把敌寇攘。”现存的校史老照片中还可看到当年运动会的场景。可见，学校体育还有着强身健体之外的意义。

清华有着“无体育，不清华”的传统，中国科学院院士、曾任清华大学副校长的施一公教授坦言：体育锻炼是一种自强的精神、一种拼搏的气质、一种受益终生的生活方式。正是当年在清华园养成的良好的锻炼习惯，才使得他在紧张的学术研究中能够保持旺盛的精力和健康的体魄。

我们的老校友姚文忠先生每每回忆当年的校园生活时都会提及当年学校对于体育运动的倡导，讲到当年的游泳打球、吹拉弹唱，老先生总是眉飞色舞，感谢母校于强健体魄、乐观精神所给予他的惠赠。

柏拉图说：体育应造就体格健壮的勇士，并且使健全的精神寓于健全的体格。

运动塑造品格。体育活动的特征是需要我们去克服一定的困难和障碍，而意志品质既是在克服困难的过程中表现出来的，又是在克服困难的过程中培养起来的。当同学们在绿茵场上挥洒激情时，当他们在红色跑道上镌写青春时，那种勇敢顽强的性格、超越自我的品质、迎接挑战的意志，面对失败时的坦然、追逐荣誉时的公正……都是运动给予我们的馈赠。我们赞赏对手的付出和成就，我们体察失利者的艰辛和顽强，我们深谙“自信、自尊、自强”的精神和信念。

运动平衡情绪。我们不时会有郁闷的时候，会难过、悲伤、沮丧，被抑郁的情绪困扰。走出这种情绪的一个简单方法就是运动。运动可以调节情绪，给人带来愉悦，纾解紧张和不安。据科学研究，有规律地从事中等强度活动的锻炼者，每次活动20～30分钟，有利于情绪的改善。减少情绪上的负担，甚至能减轻因精神压力的偶发事件而造成的心理负担，使不良的情绪状态得到改善，心理承受能力得到提高。于是，我们的身心得以舒展，我们的步履变得从容。

运动凝聚人心。赛场上，运动员斗志昂扬，赛场外小伙伴们呐喊助威，后勤团更是努力做好服务和保护工作，共同谱写着团结互助、奋力拼搏的旋律。欢笑和泪水冲破隔阂和壁垒，激荡着彼此的心灵，团队的荣耀辉映着每一个年轻的脸庞。

因此，体育成为学校教育中极为重要的一个组成部分，体育课成为学生最“不可侵犯”的课，篮球场上、晚自习后的操场上，永远有喧闹的身影。

然而事实上，高中的体育课堂教学情况却并不理想。“我们喜欢体育但是不喜欢体育课!”“三无七不”温柔体育课（无强度、无难度、无对抗、不奔跑、不出汗、不喘气、不脏衣、不摔跤、不擦皮、不扭伤的体育课）现象普遍存在。高中学生的体质健康水平也在呈下降的趋势，标准的引体向上做不了几个。真有些小年轻不运动、中老年重养生的味道啊！我们的高中体育课也该要改一改啦！

最终我还是没有加入“跑团”，然而“跑团”的积极意义于我还是很有启发的。

班主任工作真没那么难

富阳新登中学的语文老师洪申健的一份“申请书”，刷爆了家长群和朋友圈。他为了当班主任，写了十条理由：

（1）语文教学已经理顺，可以有更多的精力放在班主任工作上。

（2）家庭生活幸福美满，做班主任工作没有后顾之忧。

（3）曾经有过十年的班主任经验，当过实验班、普通班和艺术班班主任，具有一定的班级管理经验。

（4）夜阑灯灭之时，常躬自反省，发现自己最近十几年的思想观念过于佛系了些。“东隅已逝，桑榆非晚。”现在很想有所改变。

（5）只教语文，不当班主任，与学生间的互动交流太少，感觉教书育人的意义失去了大半，希望与学生有更多的故事。

（6）离退休还有十几年时间，作为一个热爱教育工作的老师，再不做班主任，这辈子恐怕就没有补救的机会了，会抱憾终生。

（7）人到五十，身边的同学和同事身体纷纷爆雷，令人惊骇，促我反思。有人或以为养生之道在锻炼身体，匀调饮食。我则以为贵在调心。心之状态，太闲不好，多招是非；过累也不好，劳损精神；宜如调弦，宽紧适度，妙音流淌。所以最佳的养生之道应是“以出世的心，做入世的事”。我想以此心态重新投入班主任工作。

（8）这届学生的年纪正好与我女儿同龄，陪伴他们有陪伴自己女儿的感觉。

（9）如果能受聘担任班主任，一定会谨遵各级领导的指导，不倚老卖老，秉持“工作勤勉，管理创新，教育走心”的理念开展工作，并虚心向新老班主任们学习请教。

（10）上述理由，不宜宣讲流出为盼。听吾言，更可观吾行。

我们能从这字里行间体察到一位老教师赤诚的教育情怀，十条理由，把班主任的幸福点滴都体现了出来。近年来，时有教师抵触或拒绝担任班主任。班主任任务重、责任重、耗时长、风险高，让不少老师望而却步。一些人是由于能力不足而畏难，也有一些人是因责任心不足而拒绝，工作中隐约有把教育和教学相分离的情况。赫尔巴特说，“我不承认有任何‘无教育的教学’”，“教学如果没有进行道德教育，只是一种没有目的的手段”。所以，没有足够的德育渗透，教学是很难取得成功的。

今年，市级评优里面新增了“市级班主任带头人”，这给长年耕耘在教育教学一线的班主任们以极大的鼓舞。一是认可了班主任工作也是一门专业性极强的工作，而不是学科教学的附属品；二是给班主任们以加强学习研究提升专业能力的动力，这种学术上的认定是一种有效的激励。

申报这一荣誉的 H 老师连续担任班主任已经十九年了，围绕着德育主题，数十篇论文发表、多个课题研究成果获奖。也有 W 老师，主持市级的班主任工作坊，带着群小年轻琢磨着班主任的那些事儿。还有好些班主任，时不时地在朋友圈里能看到他们对学生活动的记载，那些独特的视角、真实的细节所展示出来的触动和感动，如果不是真心投入是不可能捕捉得到的，真是苦乐相随，痛并快乐着。

我的教育经历中，最为酣畅顺意的就当属当班主任的那几年了。一是七年的科任教学让我在常规教学中不再手忙脚乱，而是能够利用当班主任教学班减少的机会去聚焦我感兴趣的问题，也得以在自己可控的状态下去做一些小小的尝试和改变，反而在教学上有所精进；二是在班级管理中实践了我对教育的理解，得到了学生和同事的认同，和学生的距离更加贴近了，工作一直都比较顺利，所获得的成就感与单纯做科任教师的成就感是完全不一样的。直到现在，师生情感最深的还是这一时期的学生。所以我认同有人说的一句话，没有当过班主任的教师，不是一位完整的教师。

当然，也有人在班主任岗位上体验到的是满满的挫败感，手忙脚乱中只留下一地鸡毛。其实，班主任工作没有那么玄乎，不外就是这么几个字：高、明、诚、实。

高：理念先进，站位高远。这里指的是我们对于学生培养目标和班级建设目标的认识。这是一个基本定位的问题。学生培养目标从习惯、品格、健康、学业等方面来描述，班级建设目标从积极向上、友爱协作等角度来思考，就像我们写教案的教学目标一样，在班主任工作之初首先要思考这些问题，弄清楚我们在有限的三年时光究竟要做些什么工作。这就是“提纲挈领”中的“纲”和“领”，我们所有的工作都将围绕着它展开。它考验着我们作为教育人的眼界和胸怀，也是班主任最为核心的素质。

明：思路清晰，主次分明。老师们常常感叹班主任事物庞杂，学校时不时就会有工作布置下来，活动一项接着一项。其实，所有的活动都是围绕着前面所述的目标来设计的，因此在我们的工作中是可以提前有一些预设的，尤其是时令特征明显的传统活动。在我们的行动计划中，主次分明、重点清晰自然是心中有数，厘清了轻重缓急自然会有条不紊，即便有时会有临时性的工作安排，对我们的工作冲击也是有限的。

诚：用一颗真心换得学生交心。学生对于老师是否真心相待是非常敏感的，班主任只有真正把自己融入班级、成为班级的一分子才有可能获得学生的信任。真诚直接体现为尊重学生、善于倾听、平等相待、充分包容，与之相对的就是偏听偏信、刚愎自用、高高在上、颐指气使。

实：工作务实，深入人心。一是观察要“实”，能够讲出每个学生的“故事”，每个学生在我们的脑海里都是生动形象的个体，其个性特质、兴趣爱好、常规习惯、各学科发展的情况我们都要了如指掌。二是行动要“实”，所有的理念、计划要最终能够落到实处，有安排就有要反馈，不能说一套做一套，夸夸其谈。

如果能够做到这四个字，我们的班主任们大概能够不那么痛苦了，待班级建设走上正轨之后，更是可以有进一步的琢磨以提升我们工作的艺术。

常常有老师当了班主任后会说，自己对于教育的理解相较以前更为深入了，工作能力得到了明显的提升，确实是在班主任岗位上得到了锻炼和提高。所以，名师魏书生曾在《班主任工作漫谈》自序中写道：“我属于愿意当班主任的那类教师。我总觉得，做老师而不当班主任，那真是失去了增长能力的机会，吃了大亏。”

成长在活动中

走进班主任的办公室，老老少少几位班主任正呈“葛优瘫”。今天大家累惨了。今天是学校一年一度的节日。每逢五一假前的这个下午，是我校一年一度戏剧节的集中汇演，高一高二各班分别演出英语剧和中文剧，高三年级则举行成人典礼，家长和学生都是盛装出席，整个学校就是一片欢乐的海洋。而班主任，则是活动顺利进行的最辛苦的组织者，从一大早的逐一走台试音效，到下午的全程调度，好几位班主任还友情客串了一把。

呈“葛优瘫”的还有高二语文和高一英语备课组的老师们。作为艺术指导，她们在若干休息时间里对孩子们的陪伴和点拨可不是一点点。同学们的渴望和邀请谁忍心拒绝呢？

“我们班的娃娃们太能干了！全程自己独立写剧本、排练、租衣服、做背景墙，全班同学自己分成了剧本组、导演组、演员组、道具组和后勤组，做到了既分工又合作，真是锻炼出来了！”

“我今天真的很感动，我们班的娃娃说每搞一次活动，就更爱我们班一点。就冲这句话，这些辛苦都值了！”年轻的班主任说。

……

树德生活好像一直是马不停蹄的：打完阳光运动季的篮球联赛，啦啦操的喧嚣还没有褪去，热热闹闹的生涯考察又开始了紧锣密鼓的筹备；戏剧节的大幕刚刚落下，微电影节的海报又贴出来了，还有成人典礼、星耀树德、社团嘉年华……

累不累呢？真累！可是，也很有成就感！同学们都是全班出动、倾情投入，每项活动里，围绕着主题的文宣策划、周边设计、后勤辅助等一个不少，开心的笑脸本身就是校园里最美的风景。您看，我们的老师和孩子们的感悟多么真切：个体的能力在活动中得到提升，团队的凝聚力在活动中得到加强。

这是从什么时候开始的呢？以前……

“老师，我们班主任不准我参加学生会……”

“老师，我的班主任说我成绩退步了，不准我再‘搞’社团了……”

“领导哎，我们现在弄学习都搞不赢，哪里有时间弄那么多活动嘛……”

“现在的娃娃简直不如以前的能干，啥子都不会……”

“活动太多了，简直是耽误时间！最好是我们班第一轮就被淘汰……”

……

您看，这就是老师们实实在在的进步啊！亲爱的老师们从对分数的执着中抬起头来，从苦口婆心的说教中华丽转身，真正地从学生全面发展、可持续发展的角度来认识教育，老师们在这个过程中变得优雅而睿智、自信而从容。

还记得 2015 年筹备成人典礼的时候，老师们提议对传统的活动方案进行颠覆性的调整，为还有 40 余天参加高考的同学们策划了一场隆重的成人礼，男孩们西装革履、器宇轩昂，女孩裙装优雅、亭亭玉立，在父母师长的陪伴下郑重地为青春十八而志，感悟成人的责任与担当，带来真挚的感动。这些年来，我们的活动设计越来越精致，活动的组织越来越有仪式感，师生参与的热情越来越高。老师们从活动的大包大揽中脱身而出，放手让孩子们自己去策划组织。可能有很多疏漏，可能多耗费了一些时间，可能结果并不完美，可是杜威说“教育即生活”“学校即社会”“教育即经验的改造和重组”，要于“做中学”，甚至认为学校科目相互联系的真正中心，不是科学，不是文学，不是地理，而是儿童本身的社会活动。活动其实就是一个实践、体验、感悟、成长的过程，美好的品德和突出的能力不是抽象的教条，而是在活动中具体生动起来的。

年轻班主任的感悟很质朴。学生在活动中找到了团队中属于自己的角色和位置，也就有了团队的归属感，当他们为了共同的目标协同努力的时候，一个团结的班集体就有了雏形。我们能够最真切地感受到一个班集体在活动中凝聚的速度。

苏霍姆林斯基曾说“集体是教育的工具”，一个积极向上、友爱互助的班集体是我们共同的愿望。人力资源管理中有一个热词叫“团建”（Team Building），每个企业都会精心设计组织自己的团建活动，借以达成启发共同愿景、形成内部共识、凝聚向心力、建立优质团队及促进协同合作等目标，这和我们的班级建设是不是很相似呢？一个优秀的班主任一定是一位团建高手！

不仅仅是班主任在活动中起着至关重要的作用，我们的所有教师也应参与到各类学生活动中去。生涯考察活动中去到各个小组带队指导，研究性学习中对课题小组进行指点，学生节目中出谋划策，运动会开幕式中和班级队伍一起惊艳亮相……在活动中，我们发现了那个不一样的“他”，师生的理解相互加深，师生的情谊得到升华。多少年后，孩子们可能会不记得那些习题，却对活动中生动的老师形象念念不忘。

中国教育学会名誉会长顾明远先生说：“我对教育的理解概

括起来就是四句话：爱是教育的源泉，兴趣是学习的动力，教师育人在细微处，学生成长在活动中。”

是的，育人在细微之处，成长在活动之中。

借我一双慧眼

午餐后，我和一群同事在学校操场上遛圈消食。远远地，三五个男生篮球打得正酣。一个女孩子杵在球场边上，两眼直直地盯着场上不知哪位球员，一只手生硬地抹着眼泪。我们渐渐走近，男孩和女孩都没有撤离的意思。

唉，又是一个迷糊的小丫头啊！顺着弯道过去，轻轻地把手搭在女孩儿的肩上："陪我走走吧。"同事们也自然地分散开去，各遛各的弯去了。

傻丫头啊，你那样站边上哭可有点"逼迫"的意味哦。没准男孩子面子上挂不住就一直那样僵持下去呢。你要给他个台阶，让他在人前也缓缓嘛。

暂时退一步，你也可以冷静一下。老师不觉得你们在这个年龄上有点好感有什么不对。歌德不是说了吗——"哪个男子不钟情，哪个少女不怀春"，这也是你们成长的历练呢！你们会在这个过程中学着去把握情绪波动、面对情感纠葛、处理同学关系。这个时候的"好感"其实很纯粹，但也很肤浅，就是比一般同学更能说到一块儿去，优秀同学之间的相互吸引和欣赏也是正常的。在你成长的过程中，你会遇到好多不同类型的好同学、好朋友，总有一个人会在最恰当的时候、最恰当的地方等着你。好啦！咱们把眼泪擦了，化悲痛为食量，去吃点儿好东西慰问一下自己！

我目送着女孩子离开了操场，一回头，男孩子们也已经散去了。我不知道他们的名字和班级，但是相信他们能够处理好后续的事情。

还记得我当班主任带的第一个班毕业多年后的同学会上，有学生问我知不知道当时班上究竟有几个同学在“耍朋友”，很有些当年成功糊弄了我的小得意。其实，老师们大多“八卦”，还是比较容易发现学生间的小秘密的，“亲家”班主任之间还会时常互通信息。只是不同的老师会有不同的处理方式。

现在的老师们大多能够智慧地处理这类事情。有老师会和学生坦诚交流并“约法三章”，引导学生理性克制，有老师会携手家长默默观察、旁敲侧击予以提醒。

何为“早恋”？据说这个词只在中国内地被广泛使用，一般指在校的中小学生之间发生的爱情。可是，那真的是“爱情”吗？我们接触到的好多情况只能算是“谈得来”“有好感”，大多数都是暗恋、单恋（单相思）。有的孩子只是因为贪恋这份感情里所获得的认同、鼓励、关心等温暖。

不要轻率地定性早恋。不要把它当成洪水猛兽，恨不能迎头痛击，缺少理解和尊重的交流沟通也许反而会激起更为强烈的反弹。不要轻易地把它反馈给激动急躁的家长，引发家庭大战，把孩子裸露在人前，激化家庭矛盾。

堵不如疏。

一是加强教育引导，让同学们了解成长的小秘密。高校流行一个“女生节”，我们围绕三八妇女节也设置了一系列以学生为中心的活动。有面向学生的“女孩儿悄悄话”“绅士的品格”，后来还专门增加了面向高中生的性教育内容，从生理和心理两个角度来认识成长。我们以亲切而又严谨的态度来面对孩子们在青春期的躁动，希望同学们能够理性面对并保护好自己，呵护“爱情”的美好形象，对未来充满期待。

二是开展丰富的活动，让同学们在公开的活动中敞亮地交往。给他们一片花海，展示才能、舒展个性，在积极阳光的团队中获得认同，欣赏美好的品质，形成正确的两性认知，建立健康的异性友谊。

三是加强对教师和家长的培训，学习青春期学生身心成长的相关知识，树立正确的教育观念，探讨智慧引导的方式方法。比如我们的“吾家有女初长成”系列讲座就很受家长们的欢迎。我们了解了孩子们在青春期的特点，对他们的生理、心理方面的发展状况给予关注，分享他们的快乐和忧伤、理解他们的失落和喜悦，让他们愿意把师长作为倾听的对象。当然，我们也尊重和理解他们保留自己的小秘密。切不可疑神疑鬼，草木皆兵，简单粗暴地对待。

“情不知所起，一往而深”，那么，“借我一双慧眼吧，让我把这纷扰，看得清清楚楚、明明白白、真真切切”，在雾里花、水中月中分辨这变幻莫测的世界，在涛走云飞、花开花谢中把握这摇曳多姿的季节，让青春少年在阳光中明媚地成长。

目　送

台湾著名散文家张晓风曾说：“世界啊，今天早晨，我，一个母亲，向你交出她可爱的小男孩，而你们将还我一个怎样的青年呢?!”在树德校门“让孩子走向自立，家长请留步”的牌子前久久凝望的家长，是怀着怎样的心情目送孩子走入校园深处的呢？每当我穿过拥挤的家长群进出校园的时候，我都有一种芒刺在背的紧张感。

有时会听到老师们抱怨那些永远在晚上11点以后给老师打电话想要交流情况的家长，其实你不知道他们压低声音害怕孩子听到的小心翼翼。有多少高中生的家长能在晚上11点以前睡觉?

有年轻老师在电话里批评：“你们家长咋能这样呢?”周六全家睡过头孩子迟到，帮孩子打马虎眼请病假、抄作业……他想不到，更年期遇上青春期的家长是如何的压力山大。

“通知你们家长马上到学校来”：作业没完成又迟到、顶撞老师……他不知道，高中生的家长真的好些时候都是无能为力的，那句经典的“只有老师的话他才听”并不是轻巧的推卸责任。

“你们作为家长太不关心娃娃的情况了”：孩子从早读到晚自习，和老师在一起的时间比和父母在一起的时间还长。

孩子三年高中路，家长们在天色未明时成为百变早餐的美食专家，在夜色深沉时成为永不迟到的“专车司机”；他们变身成为预测考试排名的超能达人，成为抚慰情绪的心灵大师。三年日夜奔忙，甘苦自知；三年寒暑以往，青丝染霜。你知道吗，家长们有多少无奈与无助？

一位老师对我说，随着自己的小孩慢慢长大，自己的心渐渐柔软了。以前不觉得自己的语言有多生硬，可是现在给孩子讲睡前故事的时候感受到了。

也有老师说，等到自己的小孩上了高中，他才发现家长在这个时候有多难、有多苦，那句“只有老师的话他才听”有多真实！

老师和家长，学校教育和家庭教育，我们怎样才能处理好相互之间的关系？

请不要轻易地祭出“请家长”这一大法。眼下的事件是否一定需要请家长？我们能和家长交流什么、怎么措辞、家长可能的反应是什么？我们能够为家长描绘出孩子较为准确生动而又相对全面的校园形象吗？家长也是忙于工作的，请来一次就要有其特有的价值。

请平和、平等地和家长相处。我们不是救世主，所以我们没有强势的话语权，平等交流、以礼相待，尽量不要带着情绪去和家长交流，以加深了解、解决问题为出发点。选择阅览室等相对独立的环境，邀请家长坐下来交流。宽松的环境有助于达成共识，有助于保护家庭的隐私和孩子的形象。

请用心和家委会沟通，发挥其积极正能量，助力学校教育、班级建设。让家委会定期参与班级管理、年级管理成为一种制度、惯例。可以有班级讲坛、校外导师、定期的联席会，但不能以家委会的名义给老师送礼请宴、组织班级补课。

请关注班级的 QQ 群、微信群，约定其纪律，简单其功能，严格其管理。现在的家长早已习惯了主动参与到班级建设中来，各年级各班都有各种类型的QQ群、微信群，大群小群各种花式。各种信息在群里泛滥，各种情绪在其中发酵，一点风吹草动就有些不长脑的跟帖、有心人串联，一些头像随时都在闪动，似乎就只做这一件事。可是我们不能回避，家长是太想实时了解学生的情况了，他没有其他更为便捷的渠道才会更多关注这些，我们也许以为眼不见心不烦，然而他们得不到正面的回应就会有更多的猜测，更多的土专家就应运而生，回避只会让沟通变得更糟。所以，这些群组需要老师们的参与和引导，让理性的家长发出的声音、正面的建设性意见能够成为主导。

我知道，高中的老师们很辛苦，高中的班主任们尤其辛苦。老师们“捧着一颗心来”，也担负着对自己家庭、家人的重任，如果我们能和家长们成为盟友，沟通到位了事情自然就好办了。想想那份“目送”的眼神，我们的心态也许可以平和许多。

你就是一个世界

也许很多年轻的班主任都像我曾经一样，希望自己的学生个个都听话懂事，遵守大大小小的各项规章制度，个个循规蹈矩，一点都不要惹麻烦，那该是多么的赏心悦目！那年我怀着这样的憧憬，又接手了一个新的班。

有一个大个子，一来就被我给盯上了：行为习惯不规范，学习还不够努力。他坐在那儿，随时人都是歪着的；自习课上，讲话的准保有他；眼神总是游移的、无所谓的。成绩很好，我多次观察，绝对没有作弊。可是回家之后却是不碰课本的，绝对是一个潜力巨大的学生。我很有兴趣、很有信心地要改造他。

于是他的磨难开始了，我的痛苦也开始了。一段时间后，他沮丧地告诉我，他真的很难按我的要求去做：

不准坐得东倒西歪的——课桌太小了，他的腿放不进去。

课上不准找同学说话——他是在讨论问题，不在学校抓紧讨论，回家就没机会了。

学习要严谨，要手脑并用，不准读“望天书”——他早已习惯了在心里思考演算，而且准确率没有问题，不习惯用草稿纸，眼神自然不在纸上。

学得那么轻松，每天书包都不带回去，完全可以挑战自我嘛——回家之后有问题就想想，9点钟不睡觉第二天就肯定没精神；他不习惯超前学习。

最后他对我说："老师，怎么可能每个人的情况都一样嘛！"我不觉一愣，随即莞尔，也就留下了他这么一个"异类"。

后来，我又留下了一些其他这样那样的"异类"：可以不交语文周记的，可以不做清洁的，可以晚点儿到的，可以只做一半作业的……"异类"越来越多，班级却并没有因此而失控，大家都能够有自己的发展空间，反而更显有序。是啊，怎么能用同一把尺子去衡量所有的人呢！

也有非常听话的孩子，有一个女孩，她真的是把老师所有的话都当作了圣旨：凡是老师的建议她都听从，她小心地琢磨着老师的每一个表情，揣测老师的心思，甚至是家长、同学的。她变得越来越内向，对失去朋友的恐惧越来越大，在她的眼里，自己似乎是一点长处都没有，而别人却那么优秀。她是那么努力地迎合老师、家长、同学，努力得让人心痛！孩子啊，为什么你的眼中就偏偏没有自己呢？

我曾经在想，我们怎样才能让同学们的思维更加活跃、个性更为张扬呢？我们的教育管理怎样才能不在无意之中一点一点地消磨了他们原本就不算锋利的棱角，限制了他们青春的热情与活力呢？

一花一世界。

每个人都有其特有的天赋，他们在同一片天空下展示着自己独特的美丽；每个人都有自己的个性，他们因此而成为自己；每个人都有自己的人生之路，每一个人生都可以活得精彩。这个世上，没有哪两片树叶是相同的，我们怎么可能让孩子们交上整齐划一的答案？答案应该是丰富多彩的！

孩子啊，你就是你，你就是一个世界！

倾听每一朵花开的声音

“这条小鱼在乎”的故事大概也算是耳熟能详了，故事中小男孩面对路人好心劝阻时的委屈与执拗尽在不言中，谁又来在乎他的“在乎”呢？每个孩子都渴望着得到理解与关怀，成为老师、家长的心目中特有的那一个，就如同每一条小鱼渴望着人类对他的生命关怀。

可是每个孩子的渴望是不一样的，“世上没有两片相同的叶子”，“人生天地间，各自有禀赋”。有性格的差异，有思维方式的不同；有兴趣爱好的差异，有特长优势的不同；有学习基础的差异，有学习习惯的不同；有价值取向的差异，有发展路径的不同……每个孩子在向往着他的美好未来，我们是他的生涯旅途中的“重要他人”。

我们的教育正是面对着这样一个个生动鲜活的个体。学校教育，就是要去关注每一个生动的个体，明确“人”的价值，发现每一个“个体”的独特的禀赋、个性、兴趣、志趣，深刻认识到个体之间的差异，更好地因材施教，充分肯定每一个个体的价值和潜能，肯定个体的努力，为学生“发现自我、唤醒自我、成就自我”提供切实的帮助。个体的概念是相对的，可能是生命个体，也可能是一个类型。

更好地面向每一个个体，需要我们俯下身来倾听，给予每一个教育关系以尊重。俯下身来，把这群半大的孩子当作与自己一样的平等主体，不为任何自己的前见限制，不因个人观点的介入而变得视野狭窄。尊重他们独特的想法，耐心守候，静待花开。让那些高傲的态度、藐视的话语、不屑一顾的眼神、不置可否的回应、迫不及待的打断等远离我们的生活。倾听花开的声音，倾听拔节的力量，倾听破土的痛苦，那些会心一笑、黯然神伤、别扭的倔强都落在你我的眼底和心里。

更好地面向每一个个体，需要我们换位移情去包容。有包容，才会有心灵的自由，有自由，才会有人的创造与社会的秩序。基于此，学校教育应从学生的阅历、心理出发去理解、体验学生的言语以及言语背后的内容，主动体察学生的各种需求和情感变化，分析、审视教育生活中的所作所为，回应、关切、理解和珍惜学生的反馈，保持真正的“开放”和真实的“接纳”，于是孩子们的创造性潜能和可能性才能得以逐渐彰显。

更好地面向每一个个体，还要求我们修炼出一双发现的眼睛。发现“真实”的学生和学生的“真实”，捕捉到不同孩子的独特之处，没有一种教育理论是放之四海而皆准的，也没有一种教育经验可以原封不动移植到每个孩子身上。《论语·侍坐章》为我们展示了一个理想的教育场景，子路、曾皙、冉有、公西华等学生风格各异、少长咸集，老夫子和蔼亲切、循循善诱，对自己的学生非常了解，点拨与学生的特点相契合，能让人体会到由衷的赞美以及乐得英才而教之的快慰，真是“如沐春风”！

华东师范大学叶澜教授指出，教师是教育事业和人类精神生命的重要创造者，这项工作所面对的是成长中的、充满生命活力的青少年，教师若把“人的培育”而不是“知识的传递”看作是教育的终极目标，那么，他的工作就不断地向他的智慧、人格、能力发出挑战，成为推动他学习、思考、探索、创造的不竭动力，给他的生命增添发现、成功的欢乐，自己的生命和才智也在为事业奉献过程中不断获得更新和发展。

学校教育是一个面向每一个个体生命，通过每一个个体生命，进而成就每一个个体生命的事业。如果有一天，我们真心地体悟到“一花一世界、一树一菩提”的欣喜，师生在校园的生活中都能有满满的获得感，校园成为师生交往的眷念之地，那该是怎样的美好。那一天，每一个个体都得到全面而有个性的发展，成长为一个大写的人，骨肉丰满，各自鲜妍。尊重每个人的选择，在合理范围内尽可能让受教育者在自然状态下发展就是最好的教育。

年轻的心灵不能承受之重

那是一个星期日的晚自习时间，我在办公室值班。离二诊只有一周的时间了，学生的弦绷得紧紧的，大战前的硝烟压得学生有些喘不过气来。越是这样，我们的班主任们越是关注学生的每一个细微的举动，以及时地给学生以精神上的支持与鼓励，避免学生的过度焦虑。

突然，一位班主任拖着一位满脸通红的男生进来了。那男孩子手里还拿着一个挺大的扳手，情绪非常激动。班主任简单地介绍说这孩子拿着扳手要打班上的一个同学，其他人拦都拦不住，为了不影响课堂，班主任只好先把他送到我这儿来。

办公室里只剩下了我和这孩子。他接过我递过去的水杯，但是把头偏向一侧，一副很不服气的样子。

“为什么一定要打那个同学呢?”

“他总是说我的坏话，看我不顺眼，我早就想打他了。”

原来今天这同学又说他了，于是他便跑到外面的自行车修理摊儿上借了一个扳手，“杀”了回来。

“他都说你什么了？其他同学批评他了吗?”

“他们都看不起我，我在班上没有一个朋友。”

“你觉得是为什么呢?”

“就是因为我成绩差嘛,”

他慢慢平静下来，我对他说：“反正今天的自习课是泡汤了，聊聊吧。今天是不是还别的事不顺心?”

沉默了一会儿。“我今天下午整个都在网吧里。”

“打游戏?”

“不是。是在网上去做心理测试，接受咨询。他们说我不可能改变了。”眼泪出来了。但是他似乎终于有了倾诉的对象，一点一点地把他的故事讲了出来。

他一直很自卑。成绩不如意，家里的条件又不好，同学们都穿名牌，他也吹嘘自己家里有钱，悄悄买了假冒的名牌球鞋。但谎言终究不能长久，大家逐渐疏远了他。只有一个女孩偶尔会宽慰他，他们“好”起来了。女孩很优秀，他们的事情遭到了来自各方面的谴责与阻挠。女孩在压力之下非常痛苦地坚持着。前两天男孩主动提出了分手，女孩似乎松了一口气，男孩却非常难受。他想回头好好抓学习，却发现从基础到时间都有很大问题。

“都快二诊了，那肯定晚了嘛，你说的这所大学肯定是莫搞的。”

他很诧异地看着我，眼泪又出来了。

他说他家的亲戚朋友境况都不太好，都说他是名牌高中的学生，光耀这个家就全靠他了。他哭着讲起了他的父母，如何的含辛茹苦，如何的殷切寄望。最近奶奶病重，全家人竟然商议不让他去探望，以免耽误他的学习。“可是我这么差！考不起重点我怎么对得起他们嘛!”如此瘦小的一个孩子竟然要帮着父母扛下这么沉重的希望!

他很单纯，很快地就把自己的秘密告诉了我；他很善良，不愿耽误女孩子，主动放了手；他很孝顺，心疼父母家人的艰辛。

他很需要找人倾诉，他不敢向父母谈这些事；他很需要鼓励，帮助他在困境中看到希望；他很需要成功，以使他能逐步重建自信。

我很难过，都快三年了，他竟然就没想过寻求老师的帮助，就没想过去学校的心理咨询室坐一坐，宁愿在一个虚拟的世界中寻求安慰。

我们后来的谈话几乎没有遇到什么障碍。我们讨论了如何降低学习目标，以小到单词听写的过关为成功，争取每天所做的事中有一件事值得自我肯定，争取一周左右到我这儿来坐坐，争取和父母深入地谈一次……和同学的纠纷似乎已经淡化了，他自己也察觉先前的冲动鲁莽了。

临走时，我问他，要不要请他妈妈来，让我和她谈一谈。他犹豫了一会儿答应了，于是在自习结束后我把他送回了教室，把扳手还了回去。

过了几天，一个戴着手孝的中年妇女来找我。岁月过早地在她的身上留下了鲜明的印迹，朴素中带着一种精明。她口齿伶俐地不停道歉，说孩子给学校添麻烦了，她在家已经如何教训了孩子了，希望老师不要对他另眼相看。我一听，心都凉了：孩子的心灵又一次受到了伤害。

我把孩子的痛苦慢慢讲述给她听，分析家庭的过高期望给孩子带来的沉重压力，分析孩子现在的具体情况和我们能采取的办法。她哭了，说没想到孩子活得这么累，也没想到要孩子帮忙圆自己的梦就这么难。她哭着告诉我今天她本来没时间来的，孩子的奶奶今天下葬，可是都说孩子不能耽误，所以她和孩子今天都没去坟前。她说着说着痛哭失声。

我告诉她，如果我事前知道是这么一种情况，我决不会同意孩子今天来学校，这样只会增加他的负罪感，应该给他这最后的机会向奶奶哭诉告别，也让他长久以来的抑郁之气能得以宣泄。而且，我们把孩子送到学校来，绝不是要培养六亲不认的冷血动物。孩子究竟学成什么样父母才会觉得幸福？不就是满足正直、孝顺、健康这些基本条件吗？

我又给她举了我所知道的下岗工人家庭的生活的真实例子，我们得要从孩子的实际情况出发来确定目标。她渐渐接受了我的观点，我们似乎达成了共识，于是我们的谈话也就结束了。

分手的时候，她突然说："唉，我们这种家庭，娃娃不考个好大学怎么才能有出路哦。我还是只有再'憋'他好好读、好好考!"我真的是无语了。

事情过去已经好些年了，那男孩高考果然不如意，离校后就没有了消息。我有时觉得我们的教育真的太苍白了。

高三的孩子背负了太多的压力，许多矛盾会在这时积聚激化，问题的解决看来并不那么简单。这个孩子身上所出现的问题其实相当有代表性，究其成因是多方面的：

社会原因：社会竞争的不断加剧，就业压力前置到了高中阶段，导致高考生压力不断加大而产生心理异常。这个孩子的亲戚中下岗的较多，生活大多不太如意。我国正处于经济转型期，这一时期社会矛盾多、困惑多、挑战多，孩子已经深深感受到了社会的压力，这一现实促使家长和学生本人开足马力去挤重点高中和重点大学的独木桥，给心理上施加了强大的压力。

学业原因：高考的压力带来的课业负担加重、休闲时间减少，学生心理压力难以缓解，缺少时间和方法进行调节，致使心理问题积压。同时，由于专业心育教师的配置不足，心理咨询工作不能够充分开展。这个孩子由于学习基础较弱，长期以来在学习上都感到吃力，自信心、成功感早已消失殆尽，深感升学无望，以至产生了强烈的放弃念头。

家庭原因：父辈未能实现的梦想、超出孩子实际水准的期望，给孩子以强大的压力。而由于自身文化、教育、心理水平的限制，家长与孩子的沟通始终以成绩为中心，缺乏孩子们最渴望得到的情感温暖和理解，缺少心与心的交流。孩子在高期望值和高压力下产生焦虑、强迫和抑郁等情绪。

青春期心理问题：高中生正值青春发育期，由于受认识能力和个性发展的限制，特别是在教育引导不及时、不得力的情况下，高中生性心理的发展表现出相对的幼稚性，所以自认为认真的、朦胧状态下的恋爱出现了。本文中的这个孩子由于与其他同学的交流障碍，很容易地把一种同情和关心当作爱情，并对其产生心理依赖。在交谈中这个孩子也认识到了这一点，发现“失恋”并不是他痛苦的根源。

学生自身的原因：高中学生的自我封闭倾向值得关注。据资料显示，40.13%的学生坦陈“我个人性格内向，不愿与别人交流”，对“面对强大学习压力和心理压力的应对办法”一问，他们绝大多数（80.0%）选择了自我调节，而他们心理学知识极其匮乏，所谓自我调节，可能只是自己干忍着。这种自我封闭的倾向是学生心理问题加剧的又一原因。

从我和这孩子的交流过程来看，我们之间形成了一种相互信任的氛围，其负面情绪得到了一定程度的宣泄，暂时达到了一种较为平静的状态，但是，我不能给他以真正具体的帮助，使他从灰心丧气中走出来，也没有能够与他的家长达成充分的沟通，使家长在孩子的成长中发挥出积极的作用，我希望我们的教育能够真正带给孩子幸福和自信，只有有幸福感和自信心的人才能创造出美好的生活。

随感“生命”

近日，读到杂志上一位老师谈班级管理中生成性教育资源的管理问题的文章，其中提到要及时、充分利用有效的生成性资源对学生进行教育，举到了这样一个例子：

该班正在准备高考百日誓师会时，一位同学被查出患有先天性心脏衰竭、肺萎缩，医生劝其“不要学习，保命是关键”。但是该生说“宁可倒在课桌上，也不愿躺在病床上”，一心想上大学。作为班主任的这位老师为之感动，迅速决定把这种“不惜生命、顽强学习”的感人事迹进行深度挖掘，作为百日誓师会的重点内容，组织同学们学习，反思自己的不足。在班会上，全体同学一致提出了帮助该生、学习该生、力争高考胜利的奋斗目标。

这位老师自我点评说：充分利用了这一生成性教育资源，激发了全体同学学习的动力，增强了班级的凝聚力，取得了非常好的效果。

看了这一个片段我有点不是滋味。我相信这位教师对工作的热爱和投入，相信他在工作中的智慧和思考，也相信这一次的百日誓师会会触动该班学生的心灵，激发他们拼搏的动力，但是，我不能接受的是“不惜生命、顽强学习”这个主题，不愿意接受的是这位学生对待生命的态度。

一个理想教师的必备品质是爱他的学生，而师爱的一个表征就是具有博大的父母本能。有着这样情怀的老师，是不会无视学生所面临的生命危机的。当医生的判断已关乎“保命”的程度，我们首先应该考虑的是这个孩子生命的延续，健康地延续。在这个前提下，才是这个孩子现在能承受多大量的学习任务，躺在病床上可以安排哪些适量的工作。高考还可以重来，可是生命没有第二次机会。真正的教育不仅有着现实的关怀，还会有着终极的关怀，它引导我们放眼孩子们一生的成长、终身的幸福，而这些绝不能被我们短期教育教学的功利目标替代。引导孩子们以不惜牺牲生命为代价来迎接高考，是何等的残酷！

所以，我对一条励志口号是极为愤怒的：“只要学不死，就往死里学！”不管口号本身是由谁提出来的，作为老师，怎能允许这样的口号出现在自己的班上？

我们培养的学生，首先应该是尊重每一个个体的生命的人，包括对自己生命的尊重。这里隐含着一个对生命的价值判断。如果生命的价值停留在是否能考上大学、能否找个好工作上面，我们的学生、社会未来的公民还能有多少对于理想、道义的探索，为了自己短期的功利目标连命都可以不要，以后还有什么不可以舍弃？这样一份狠劲也着实令人生畏，这份冷漠着实令人心凉。

泰戈尔说过，教育的目的应当是向人类传送生命的气息。作为教师，有义务、有责任向学生传递生活中、生命中的各种美好，引领学生做美好生活的追求者和创造者。教师要对生命心怀敬畏，尊重身心成长规律、尊重教育规律。教育要传递温暖，要能够使心灵变得纯净、充实、澄明和温润。

拒绝“打鸡血”

又是距离高考 100 天的日子，各种花式的百日誓师充斥网络，挥舞的拳头、声嘶力竭而又此起彼伏的呐喊、从楼顶垂下来的巨幅红色标语，楼道里、教室里一片刺眼的红。

“拼一载春夏秋冬，搏一生无悔。”

“不苦不累，高三无味；不拼不搏，高三白活。”

“两眼一睁，开始竞争。”

“提高一分，干倒千人。”

……

由此还衍生出了一些专门机构，甚至主动上门希望来给同学们做励志演讲，宣称其演讲效果催人泪下、感人至深、深受各校好评。

有老师问我，我们是不是也做点什么来提振高三考生们的士气呢？

其实，好多年前我们也会组织全年级学生共同参与的百日誓师会。校方、家长、学生等各方代表激情演讲，一个班一个班的同学宣誓呼号，一个个热血沸腾，就像是“打了鸡血”。现在就连初中学校都在搞什么中考百日誓师了，此风愈演愈烈。

“史上最刻苦吊瓶班”令人瞠目，学生集体挂着吊瓶打氨基酸上课，补充能量。古有“头悬梁，锥刺股”，今有“挂吊瓶，打点滴”，也是醉了。几乎带上“反智”的味道了，真是“不疯魔不成活”。

但是，什么时候起，这样的画面让我们觉着不安甚至反感了呢？

是标语口号背后那种冰冷的成功学？是越来越大的场面背后对舆论和教育的裹挟？是混乱的异地掐尖背后的疯狂？还是舆论对群体焦虑的推波助澜？

那一年衡水中学进驻浙江一事引发的讨论依然在耳，浙江省教育厅明确表示这样的“高考工厂”“名校加工厂”与浙江教育理念相抵触。

我们不是不知道高考背后的社会性问题，我们反对的是眼中只有分数而没有人的教育，反对的是急功近利违背成长规律的工业化教育。正如有学者所言：没有分数，中国教育走不到今天；只有分数，中国教育没有未来。

再者，既然高考已然不易，学生已是超负荷学习，何苦再去撩拨那根已经绷得过紧的弦？究其源头，“打鸡血”本就是一种荒诞谬误的方法，何时演绎出而今的内涵已不可考。不可否认，这些仪式感十足的活动会在一定阶段、一定程度上鼓舞人心，产生短期的人为亢奋，带来激励和鞭策。我们所说的“打鸡血”指的是过度刺激、过分激励。引起心理极不耐烦或逆反的心理还是轻微的了，更有可能的是增加焦虑和恐惧、增大压力，引发更为严重的心理问题。

所以，拒绝“打鸡血”是拒绝对高考、对教育的绑架，希望还高考本来的面目，还奋斗以积极的光彩。拒绝“打鸡血”是拒绝把学生视作名利工具，还教育以人性的光辉。

我们希望高考是一种理性选择。同学们能够对自己未来发展有一个初步的规划，能够知晓达成目标的不同路径，减少高考孤注一掷的悲壮。

我们希望高考是一种“水到渠成”。科学的学业规划，每一步的认真落实，胜不骄败不馁，向着自己的目标坚定前行。

所以，我们的体育课、心理健康课、自习课雷打不动地出现在高三课表里，保证科学合理的课程结构。

所以，我们的高三班完整地参加到校园的系列活动中来，运动会开幕式表演高潮迭起，吟诵活动中创意无限，成人典礼上爱恋满怀。

所以，我们科学地调度时间，尽量减少了高三的补课时数，把所有的国家假期还给了学生。而我们的老师，则手把手地教会学生拟制个性化的自主复习计划，保障同学们的自主复习成效。

高三难免苦痛波折，但是考试一定不是我们高三生活的全部意义。所以，我们也会密切关注学生的情绪变化，给予高三学生亲切的关怀，保证其身心的健康状态，控制紧张的度。不必刻意求全，无须时时紧绷，那些办公室里老师耐心的指点、廊道上师生轻松的交流、同学间相互的扶持、失落时的相拥而泣，都是我们生活的温馨记忆。哪怕是高三最后的紧张关头，也让同学们能享受到校园生活的快乐与精彩。

关怀鼓励可以有，我们拒绝“打鸡血”。

玫瑰花瓣上的那一颗露珠

每年教师节的时候都会有一些帖子调侃老师的口头禅：

“你们是我带过的最差的一届！”

“这是一道送分题啊，同学们！”

“讲完这道题就下课！我再讲一分钟！（已经过去五分钟了，亲）”

“看我干什么，看黑板！看书干什么？看我！我脸上有字吗？看黑板！”

……

调侃中带着对校园生活的怀念，带着对老师的爱恋。

可是在那些过往的时光中，也有着这样的记忆：

一位内向的同学去向老师请教问题，老师恨铁不成钢地说：“我都讲了好多次了，你咋就没有听呢？”这位同学下来后闷闷不乐，“不是您说的有问题尽管来问吗”，渐渐地就不向这位老师靠近了。

一位同学作业落在家里了去向老师解释，老师探询地注视着他，他的内心充满了委屈。

几位同学没有按要求把教材带来，老师很生气：出去，上学不带书？这是对学科的忽视、对课堂的挑战！

老师们的初衷是好的，但这些优秀而强势的老师往往善于“见微知著”、长于“以小见大”，批评的时候唯恐不能触及灵魂，用语越来越严厉，一不留意就滑向刻薄，甚至动辄生硬地请家长到学校，细节、小事堆积出了师生间的隔阂。其实，我们所接触的学生仍然是比较单纯的，师生的矛盾冲突中，有好多其实是没有必要的，发展到最后多半成了为维护老师的权威不得不坚持下去的偏执，而学生的自尊心却受到了伤害。

苏霍姆林斯基曾谆谆告诫为人师者：“亲爱的朋友，请记着，学生的自尊心是一种非常脆弱的东西，对待他要极为小心，要小心得像对待一朵玫瑰花上颤动欲坠的露珠。”保护学生的自尊心是多么的重要！他关涉人格尊严，带来自信自爱的情感体验，促进我们自强不息。所以才会有心理学家把自尊心称之为“自尊情操”，并认为自尊情操是理解意志活动的钥匙，也是自重和培养品德的基础。

也说师道尊严。《荀子·致士》：“师术有四，而博习不与焉。尊严而惮，可以为师。”《礼记·学记》：“凡学之道，严师为难。师严然后道尊，道尊然后民知敬学。”师的“尊”是建立在“道”的高尚尊崇之上的。如果严谨为学足以学为人师、尊重人性足以行为世范，师之尊贵、庄严自然可期。

有人提出学生要“听说听教”，大家嗤之以鼻，认为理念落后，没有尊重学生的个性化发展。又有人提出“听跟信”三字诀，听老师的话，跟上老师的要求，相信并崇拜老师。但是如果从“严格”走向了“严苛”，不准怀疑、不准违背，带着老师的强大气场，那就仅仅是换了个马甲，始终还是不信任学生、不放心学生嘛。以这样的心态，师生相处中就更容易出状况。那些思维跳脱的学生往往不是中规中矩的。我不希望把学生培养为权威的服从者，我希望他们能有自由之灵魂、独立之思想，敢于质疑、敢于尝试，以科学理性之光投入未来的生活之中。

曾有一位资深的优秀班主任常说，我们千万不要“爱你没商量”，即不能以爱的名义轻率处理学生问题。要去关注问题、事件背后学生的真实想法和情绪，了解他所处的具体情境，多角度地来思考当下的这个个体事件，从而做出相对妥善的处理。

刚柔相济是理想的状态。“刚”与“柔”的尺度怎样把握？“刚”在什么地方，“刚”到什么程度？哪些东西可以放一放？批评时少一些犀利甚至尖刻，惩罚时多一些弹性与关心，修炼出一份“看人说话”的本事，这是一份属于师者的谦冲睿智。不要轻易贴标签做定性的评价，学生还处在塑造阶段。水至清则无鱼，人至察则无徒，老师有时要学会糊涂，可不能“眼睛里进不得沙子”。

毛姆曾说：自尊心是一种美德，是促使一个人不断向上发展的原动力。

有的时候，青春期的少年会有那么些小别扭、小心眼，也一定会有那么一两个不讨人喜欢的孩子，可是，请以师者仁心予以包容，可以不喜欢，不可以不尊重。

我们深信教育是国家万年根本大计。我们深信生活是教育的中心。我们深信健康是生活的出发点，也就是教育的出发点。我们深信教育应当培植生活力，使学生向上长。我们深信教育应当把环境的阻力化为助力。

《陶行知全集》(第1卷)，第74～75页

追寻与追问

参加教育学会的活动，遇到一个命题叫“追寻好课堂”。

“追寻”既有跟踪寻找之意，更添追忆回想之情，无不是在引发我们思考教育的昨天、今天和明天。

从《南渡北归》三部曲中我们获得了追忆以往的机会。

《南渡北归》三部曲书名源自陈寅恪的《北归》诗，立体呈现了20世纪中国最后一批大师的群体命运，“谱写了中国知识分子群体的哀歌”，呈现出清华大学、北京大学、南开大学、同济大学数十所高校和研究机构在抗日期间从北京到湖南长沙、云南蒙自和昆明再到四川李庄的艰难跋涉历程，令人对那一时期的中国文化、中国教育有了更为深入的认识。

怎样的学校才是好的学校？

西南联大学生对联大精神的诠释是：“如云，如海，如山；自如，自由，自在。”那是一种兼容并包、学术民主、人格独立、思想自由的精神风貌。学生相互切磋、思想活跃，校园壁报众多、社团林立，知识精英们如百鸟朝凤、互相争鸣——真乃一处世间难得的“桃花源”。这样的学校即便在今天也让人神往。

对昨天的追寻引发我们对今天和明天的追问。

今天的教育体现着时代的精神：新课程学习理念的核心是自主、探究、合作学习。

今天的教育面向明天的变革：考试评价制度、课程建设等正在发生变革；关注人的生命成长，让教学之美激发学生创生的力量。

今天的教育是融合“技术”的教育：“互联网+”的时代，多媒体、云技术、交互式电子白板……

但是，在时代的沧桑变化中、在技术手段的不断进步中，有些东西一脉相承，于教育而言，便是思想的碰撞、精神的独立和生命的张扬！

于是，叶澜如是说：“课堂的本质是学生生命成长的原野，是师生共同经历的一段特殊的生命历程。”

什么样的教学质量观决定了什么样的课堂教学，它深刻地体现出不同人对于课堂的理解。如果把质量理解为分数，单纯追求知识的灌输、技能的训练，这样的课堂便会充斥着无尽的挫折、低效的重复、压抑的呻吟。

可是价值关怀与知识追求的统一是中国教育的传统。现在的大学推崇书院制，实行学院和书院制并行，借以实现通识教育和专才教育的结合，实现学生文理渗透、专业互补、个性拓展，鼓励不同背景的学生互相学习交流，满足学生的个性化发展需要，最终促进学生的全面发展。

这其实就是老祖宗为我们留下的质量观，换成今天的表述应该是：强调“以生为本”，关注学生的全面发展，尊重学生的个体差异，着眼能力的开发和培养，重视创造品质和探索精神的生成，促进师生全面、和谐可持续发展。

生命课堂、生本课堂、绿色课堂、生态课堂……不都是这个意思吗？

至此我们一直谈的是课堂哲学，我认为，这种哲学思考的欠缺会产生问题教师、问题教育，一个肤浅的教育工作者，可能是好的教育工作者，也可能是坏的教育工作者——但好也好得有限，而坏则每况愈下。

也说学校文化生态

学校是一个文化生态系统，文化生态教育就是用文化统整并引领教育，用文化愿景改善人们观念，进而调和、优化人际关系，用文化滋育人们的情操品格并催生人们的思想智慧，以达成生态化的学校教育场域。从对“现代课堂保障体系的建构”到现代学校的制度建设，再到学校文化生态的建构，我们走过了从以“管”“理”事到以“文”“化”人的实践历程，我们对教育的领悟不断深入。

言及“生态”，必先明白这是一个系统，即需要我们清晰认识这一系统的要素、要素之间的关系、相互作用的基本原理。首先是“人”，所有可能对学生产生影响的人员，都要承担育人责任。这既包括学校里的所有教职员工，也包括社会和家庭中能够对学生产生影响的人。在学校情境里，则是指所有教职工都要意识到自己所承担的育人职责，教师要教书育人，管理者要管理育人，职工要服务育人。其次是“事”，即学校的课程和活动。这是学校育人的载体和路径，承载着我们对于教育、对于生活的理解。基于学校、班级所作出的课程设计和活动设计都是我们的教育画像。我们所说的班本课程其实也是对班级生态的实践。第三是“物”，即教育过程中的现象、物件、环境等，其背后总是有着生动的育人内涵。可见于生态而言，体现出“三全”的特点：全员、全程、全方位。时时皆是育人之时、处处皆是育人之所，教育无小事，事事皆可育人。立德树人根本任务的实现，需要系统各要素协同发挥作用，因此努力形成生态系统是至关重要的。

大凡“生态”的系统，我们多追求和谐发展，这是一种相容、相融、相生的理想状态。

一是“相容”，即学校生态的建设需要我们追求价值共识。这是我们的文化自信。

立德树人是当前教育的根本任务和中心工作，习近平总书记在北京大学考察时指出：“要把立德树人的成效作为检验学校一切工作的根本标准，真正做到以文化人、以德育人，不断提高学生思想水平、政治觉悟、道德品质、文化素养，做到明大德、守公德、严私德。”我们以社会主义核心价值观为统领，在此基础之上呈现出各具特色的课程形态和教育风貌。我们尊重并欣赏每一位教育工作者对此付出的努力和智慧，希望成就有独特教育风采的教育大家。

同时，我们也需要充分认识到每一个学生都是一个鲜活的生命个体，要能够依据具体环境的不同，从现实条件出发，平等地看待并理解和尊重每一个学生，包容孩子们的不成熟、不完美，允许他们慢慢地、努力地生长。

二是“相融”，即学校生态的建设需要我们都“浸润”其中。这是我们的文化自觉。

“树德务滋”即美好的德行不断滋生滋长，以达到“日进无疆”的境界。生态系统中我们都是一分子。“场域”理论告诉我们，人的每一个行动均被行动所发生的场域所影响，“蓬生麻中，不扶而直；白沙在涅，与之俱黑。”育人不是班主任和或者德育处室的专职。我们需要提醒自己的是，学科教学是学校育人的主渠道，各学科的教学目标和任务中，不仅包括了知识与技能、过程与方法的内容，更有通过学科教学促进学生情感态度和价值观的形成与发展的要求。如果我们只是注重学科内容的教学，会导致学科育人的功能和效果被弱化、学科教学的三维目标被窄化，德育被从学科教学中生硬的割裂、被边缘化，导致立德树人的根本任务不能够落到实处，学生的德智体美劳全面发展目标不能有效达成。

学校教育还有引领、指导、整合家庭教育的责任，使之融入整个生态之中，形成家校合力。2018 年 9 月召开的全国教育大会上，习近平总书记强调，“办好教育事业，家庭、学校、政府、社会都有责任”，尤其指出“家庭是人生的第一所学校，家长是孩子的第一任老师，要给孩子讲好‘人生第一课’，帮助扣好人生第一粒扣子”，这是对家庭教育重要功能的高度概括。家庭教育的重要性愈发受到重视，家庭教育亟须获得专业的指导。我们的家长学校课程体系逐步完善，提升家长生涯发展指导能力、心理辅导能力、交流沟通能力等的各课程模块基本成型。今天我们的家长学校已开设了五十二期讲座，几乎场场爆满，可见家长们也在快速成长、积极配合。需要注意的是，在和家长交流沟通的过程当中，我们切不可贸贸然以专家自居，要更多地运用“移情”“倾听”，以平等的姿态交流，促进家校合力的生成。

三是“相生”，即学校生态的建设要我们注入“创造”的力量。这是我们的文化创生。

杜威认为道德是教育的最高和最终的目的，但是获得道德知识不是教育的根本目的。教育的目的是要引领人们不断走向更美好的生活，体会生活与生命的意义，能够生发出创造美好生活的愿望，这样我们培养出来的才是健全的“人”。教育的创新更重在途径和载体的创新、课程建构的创新和评价方式的创新，在日新月异的时代变迁中与时俱进，以亲和的方式渗透价值观念和人生态度，从正面回应学生自我的存在意义，滋养学生的道德萌芽和生长。

今天我们大力探索拔尖创新人才的早期培养，其创造力的培养是重点和难点。我们知道，每隔3年国际学生评估项目（PISA）就会增加一个新的测试元素，看各国学生在瞬息万变的世界发展中，是否与时俱进地具备未来所需要的核心能力。2021年，“创造性思维的能力”将被纳入评测内容，它与批判性思维能力、解决问题能力、协作能力等都属于十分重要的软实力范畴，它是不能仅仅靠书本学习、教室里的静态学习来习得的。我们会发现，所有的教育，做到最后都是德育。综合实践课程、研学旅行课程的重要性越来越多地被人们认识到，社团活动、志愿服务在发展探究精神、培养团队合作能力方面的作用也越来越被广泛认同，今天的劳育也不单单是一般性的劳动服务，这就对我们的德育课程体系和活动设计提出了更高的要求。只有在这个方面做出改变，学校才能呈现出真正生动的画卷，每个人才能在其中舒展地生长。

这样的生态核心是人的成长，即德智体美劳的全面发展。它关注学生的“德性滋养、人格完善、学习力提升、创新力培育、实践力发展、领袖力奠基”。培养什么人，是教育的首要问题，立德树人是高水平人才培养体系建设的核心。树德人以文化浸润点染出校园生态的底色，以春风化雨描绘出卓育英才的蓝图。

私立树德中学的办学章程

在清理学校历史文献的时候，意外发现了一份《私立树德中学章程》的草稿，让我们有些惊喜，细看之下还颇有些意思。

总纲简略地界定了学校的名称、办学地址和办学宗旨。

草稿明晰了学校的组织架构。“设校长一人综理全校事务，副校长一人协助校长处理校务，由校董事会聘任并呈报主管教育行政机关核准备案。”以四个处室来实施常规管理，包含教务处、训导处、事务处和体育处，每个处室仅设一名主任，下辖组长2～3人，各自分工明确，另有由不同群体代表组成的学生生活指导委员会和经费稽核委员会，对相关事宜进行管理。这个管理结构是比较简洁的。

章程设“会议”一章，规定以五个会议来推进日常工作，包含校务会议、教务会议、事务会议、体育会议和导师会议。另设三个独立的委员会（招生委员会、考试委员会、出版委员会）和奖助优秀清寒学生审查委员会议决其他重大事项。

教务处工作的内容和今天有些分工上的不同。“教务处办理课程学籍成绩统计及保管图书仪器等事”，“教务会议由校长、副校长、教务主任及全体教员组织之，教务主任为主席，讨论关于教学方法、教材编记、升级留级及图书仪器设备等事”。我们今天的教务处则把招生和考试也涵盖了进去，其实是由教学和课程管理、招生和考试管理（含学籍管理）和教学保障（实验室、设备、图书、文印等）三个部分组成。可见当年的学校生活中，考试应该不是常态，故而招生委员会、考试委员会不是常设行政机构，而是对事项负责。

有趣的是单独设立体育处，“体育处设主任一人、体育教员二人、校医一人、书记若干人，办理体格检查、指导早操、课外运动及各项比赛并办理医药卫生等事”。且每月召开体育会议，“体育会议由校长、副校长、体育主任、体育教员、校医、卫生教员及学生所选出之体育干事组织之，体育主任为主席，讨论关于运动比赛、游艺娱乐、医药卫生等事”。我们可以看到学校对体育的重视，从校长亲自参与到运动会等事宜的讨论中便可见一斑。在现存的历史图片中也可以发现校长为运动会获奖学生颁奖并合影的照片。老校友说：“吾校之于健身运动，终日亟亟不遑，从事练习，斯亦欲吾辈体魄强健，以为将来之用也。故卒业学子，皆赳赳桓桓，有武勇之慨焉。”

还有一个比较有趣的是“导师”一职。章程专设“导师”一章。“本校设主任导师一人，由训导主任兼任。每级设级任导师一人，由专任教员兼任。导师应与学生共同生活。导师指导学生言行、饮食起居及身体摄卫等事并考察其勤惰。”并有每月一次的导师例会，“导师会议由校长、副校长、主任导师及各级之任导师组织之，主任导师为主席，讨论关于指导学生一切事项”。这里的导师与我们现在普遍提到的“导师”当是不同的，更多的偏向生活和日常行为规范的指导，可见其对于修身的重视。

这两张泛黄的毛边纸，漂亮的竖行蝇头小楷，带着历史的风尘把 70 年前的学校印记呈现在我们面前。这个章程与我们现在常见的学校章程显然是有很大差异的，我们没有见到最后定稿的章程及其诸多的附件，但是树德的前辈们为学校呕心沥血的印记却格外的清晰。

我曾在参观天津大学校史馆的时候看到过盛宣怀草拟的《拟设天津中西学堂章程禀（附章程、功课）》相关资料，这是天津大学的创校文献之一。中国近代高等教育是伴随着大学章程一同起始的，清朝引进近代教育之后，各学堂普遍立有章程。1817年，由施莱尔马赫起草的《柏林洪堡大学章程》作为“永久章程”得到了国王的批准，该章程为柏林洪堡大学的办学奠定了基本框架，主要包括学院制、教师等级制、教授会制、讲座制、利益商谈制，学术自由和大学自治由此成为现代大学制度的两个基石。想来树德的前辈们也深知学校章程于治校的重要意义，因而有了这样的探索。

我们也曾研读过北京市十一学校的学校章程，章程涉及治理结构、管理机制、教学管理、财务管理等各个方面，全面体现出学校治理的公开透明、有法可依。李希贵校长说：“章程为每一位教师创设安全的工作环境和长效的运行机制，学校将不再因校长的更替而产生动荡。”

按照教育部《全面推进依法治校实施纲要》的要求，学校章程是学校的“宪法”，各类学校要做到“一校一章程”。其实，章程就是学校管理的总纲，是指为保证学校正常运行，就办学宗旨、目标任务、内部管理体制及人事、财务活动等重大基本问题形成的全局性、纲领性文件。它承载着学校校长、教师作为办学者对学校宗旨、定位、发展路径、办学特色的共同认识，反映了学校的办学历史和文化传承。因此，制定好学校的“根本大法”，是建设现代学校制度的一项重要工作。阅读和了解学校的章程，是深刻领会一所学校的重要途径，积极地参与到章程的拟制和讨论，更是作为学校主人翁的具体体现，这是学校依法办学、自主管理、民主监督、社会参与的重要保障。

附 私立树德中学章程

第一章 总纲

第一条 本校全名为私立树德中学。

第二条 本校以实施新民主主义教育、培养生产建基干为人民服务为宗旨。

第三条 本校之址设成都市宁夏街。

第二章 组织

第四条 本校设校长一人综理全校事务，副校长一人协助校长处理校务，由校董事会聘任并呈报主管教育行政机关核准备案。

第五条 本校设左列各处及委员会

一、教务处

二、训导处

三、事务处

四、体育处

五、学生生活指导委员会

六、经费稽核委员会

第六条 教务处设主任一人、教学组长一人、设备组长一人、注册组长一人、书记若干人，办理课程学籍成绩统计及保管图书仪器等事。

第七条 训导处设主任一人、训育组长一人、管理组长一人、书记若干人，管理学生生活请假考察缺席指导学生自治及服务等事。

第八条 事务处设主任一人、庶务组长一人、文书组长一人、出纳组长一人、书记若干人，办理庶务、保管校具档卷、缮拟文件及处理经费出纳等事。

第九条 体育处设主任一人、体育教员二人、校医一人、书记若干人，办理体格检查、指导早操、课外运动及各项比赛并办理医药卫生等事。

第十条　学生生活指导委员会由校长、副校长、各主任各级任导师组成之，指导学生日常生活并纠正其偏向。

第十一条　经费稽核委员会由专任教员中选出五人组成之，议决学生纳费数额、规定员工待遇标准并审核学校经费收支情况。

第十二条　本校各科专任兼任教员由校长聘任之。

第十三条　本校设会计员一人，由校董事会聘任之，办理学校会计事务。

第三章　导师

第十四条　本校设主任导师一人，由训导主任兼任。每级设级任导师一人，由专任教员兼任。

第十五条　导师应与学生共同生活。

第十六条　导师指导学生言行、饮食起居及身体摄卫等事并考察其勤惰。

第四章　会议

第十七条　本校会议分左列五种

一、校务会议

二、教务会议

三、事务会议

四、体育会议

五、导师会议

校务会议由校长副校长及全体教职员组成之，校长或副校长为主席，议决学校一切应兴应革事宜。

教务会议由校长、副校长、教务主任及全体教员组织之，教务主任为主席，讨论关于教学方法、教材编记、升级留级及图书仪器设备等事。

第二十条　事务会议由校长、副校长、事务主任、会计员及事务处各组长书记组织之，事务主任为主席，讨论关于经费之出纳、文书之处理及其他一切庶务。

第二十一条　体育会议由校长、副校长、体育主任、体育教员、校医、卫生教员及学生所选出之体育干事组织之，体育主任为主席，讨论关于运动比赛、游艺娱乐、医药卫生等事。

第二十二条　导师会议由校长、副校长、主任导师及各级之任导师组织之，主任导师为主席，讨论关于指导学生一切事项。

第二十三条　各处会议及各种委员会，均每月开会一次，必要时召开临时会。

第二十四条　本校应事实上之需要得由校务会议议决。设下列各种委员会

一、招生委员会

二、考试委员会

三、出版委员会

四、奖助优秀清寒学生审查委员会

第五章　附则

第二十五条　本章程经校务委员会通过并呈报主管教育行政机关核准后施行。

第二十六条　本章程如有未尽事宜得由校务委员会议决之，仍须呈报核备。

课堂的审美追求

今年的主题延续了近几年“聚焦课堂”的思路，一直以来我们都致力于课堂教学品质的提升，从对“有效课堂”的探索到对“高效课堂”的思考，今天，我们进一步提出对“美的课堂”的追求。

在“有效教学”研讨中，我们知道教师要探究引起、维持和促进学生学习的所有行为和策略，采用学生易于理解和接受的教学方式，达到当堂学、当堂会、保落实、减负担的目的，使学生获得具体的进步或发展。

在“高效课堂”研讨中，我们发现，高效课堂不是知识内容的简单叠加或累积，不是教师给学生讲明白了多少，而是体现在引导学生想明白多少、吸收了多少，又能够提出多少新的问题，进而去寻找解决办法，体现出“思维效度”。

教学是一项专业性极强的工作，在关注教学的科学性的同时，我们再一次想到了教学的艺术性。课堂是传授知识、学习技能、开发智力、培养能力、滋养情志的主要阵地，所以课堂教学必然要面对两个规律，一个是科学知识渐进的规律，一个是学生生命成长的规律。我们需要研究两者的内涵和关联。符合这两个规律的课堂，必然会踏着学生生命成长的节拍，培育其科学探究的精神，丰富其情感体验，彰显出年轻生命的智慧与活力。这样的课堂怎能不充满审美的属性？所以，教学是科学性和艺术性的统一。

对课堂之美的追求体现出对新课改教学理念的深刻理解。新课程的三维教学目标强调精选和传授有利于学生终生学习和发展的基础知识和基本技能，关注学生的学习兴趣、学习经验、学习过程和方法，强调在学习知识的过程中潜移默化地培养学生正确的人生观、价值观和世界观，形成正确的价值选择，促进其思想道德的形成，影响其人生抉择。美的课堂就是在追求铸魂育人的大智大慧，这份追求体现出对学生生命的真正关怀。

对课堂之美的追求体现出对教师职业的尊重。这种追求促使教师不断地对自己的课堂进行反思和批判，从而不断地创新与突破，达到更好的教学效果，自身的专业水平不断进步，形成自己独特的教学风格。这种专业成长上的成就感，能够增进我们的职业认同，使我们更深地体会到职业之美。

课堂之美是科学之美和人文之美的总和。它体现在尊重知识规律和成长规律的前提下课堂所呈现出来的结构之美、节奏之美、情境之美、交互之美、评价之美等方面。

美的课堂是结构精心和谐、节奏缓急有致的课堂。它的结构未必完美，却一定是最适合知识的表达、最符合认知的规律；未必精致，却一定是精心构思、浑然质朴。它的节奏时而如狂风骤雨，时而如喃喃细语，却随时不失自信与从容。

美的课堂是师生情与理深刻交流的课堂。它是情与境的完美结合，能够巧妙地唤起学生与所学知识相关联的生活体验，激发起学习、探究的兴趣，是最适宜开展学习活动的场所。在这里师生相互尊重、平等对话，在情感上形成共鸣，在道德上达成共识，在激励中增添前行的力量，在批判中锤炼科学的认知。

所以，美的课堂超越了对教学技巧的追求，它不必刻意求新，无须花拳绣腿，只要一切从学生的实际（身心特点、认知水平、发展需求等）出发，精心组织和实施切实有效的教学活动，寻求学生在知识的累积、能力的提升和积极的情感体验等方面都有实实在在的收获和得益，这样的课堂便是美的课堂。

树德需要在继承中求发展、在创新中显风格。把继承的历史性与现实的创造性相融通，探索树德教育的精神和内在的生命力以及它独特的价值观、思维方式和审美情趣，在继承中创新课堂实践，使我们的课堂浸润树德神韵、养育树德气派。在鲜活的课堂上和生动的教学中，我们融汇着直觉的教育情感、个性化的审美，追求着真情浸润的教育品格，执着于真与伪的辨析、磨砺与澄明。这便是我们对于美的课堂的追求。

这是一份沉着与自信。它来源于教师对学科知识的深入钻研，于驾轻就熟间精益求精，于万千变化间举重若轻。

这是一份智慧与潇洒。它来源于教师对学生的无私关爱，于困难挫折中勤勉反思，于单调繁难中推陈出新。

这是一份宽容与豁达。它来源于教师精神境界的不断升华，于私利纷扰前恬淡沉稳，于痛苦浮躁中执着坚守。

这是一种风格，一种胸襟，一份悲悯的情怀，一种精神的解放，一种从必然王国到自由王国的飞跃。唯其如此，我们才能以人格影响人格，以灵魂塑造灵魂。

夸美纽斯《大教学论》在开篇题记就说，教是把一切事物交给一切人们的全部艺术，我们对课堂之美的追求贯穿于教学的每一个环节，牵涉面广、灵活性强，是教师专业功底、审美素养、人文情怀的综合显现，教师只有通过在教学实践中的不懈努力才能在课堂上呈现出自己的教学之美。

今年这一主题的选取，就是希望我们能够更多地思考一些教育本质的东西，拓宽视野、提升境界，使教学能够更加符合青少年成长的规律，培育健康人格，奠定树德教育的高品质，促进师生的和谐发展。

追求美的课堂，我们永远在路上。

创新，追寻卓越教育的不竭动力

从有效课堂、高效课堂，到审美课堂，我们从关注知识走向关注生命，走向对卓越课堂的追求。追求卓越，呼唤教育教学的创新；卓越教育，呼唤对学生创新能力的培养。唯其如此方可以彰显教育的活力，促成人的精神成长。

追求卓越的人，必然是有着突出创新能力的人，创新能力突出地体现在两个方面：创新人格和创新学力。前者关注人才的品质，后者关注人才的学识基础。我们往往对前者有些许的忽略。它往往表现为责任感、好奇心、求知欲、想象力以及奋斗精神等非智力因素的有机结合。没有这些人格品质，就没有科学进步。而它们如同深埋的种子，只有在适当的温度、湿度和光照的条件下才会破土而出、茁壮成长。我们需要为之提供生长的适宜环境。

所以，追求卓越，必然呼唤课程的创新。我们构建了“卓越人生”校本课程体系，以学习力、实践力、创新力、领袖力四大课程构成学校的校本课程图谱，旨在从“德性滋养、人格完善、实践力发展、创新力培育、领袖力奠基”等方面培育学生核心素养。学校还拟订了英才培养计划，从艺术体育、科学技术、语言文学、组织领导等视野探讨拔尖创新人才的早期培养路径，从而塑造其品质、提升其学养。更有GAC国际大学预科课程、VCE国际高中课程和IB课程等三大国际课程体系，支持培养走向世界的人才。目前，学校教师已开设100余门校本课程，为学生的个性化发展创设了广阔的空间。

追求卓越，必然呼唤课堂的创新。教学内容的科学把握、教学方法的合理运用，良好师生关系的确立，和谐课堂氛围的营造，都是培育创新能力的重要途径。我们需要培养课堂的问题意识，让学生拥有一双善于发现的眼睛，滋养出探索的兴趣与愿望。我们需要培育合作的精神，在课堂教学和学校教育中适当留白，为学生提供一个开放的教学时空，使其能自由、自主地学习。这样的课堂，尊重学生的发现，包容学生的异见，智慧地呵护每一个创新的火花。

追求卓越，必然呼唤教师拥有创新活力。它要求教师迷恋教育事业，有强烈的教育责任感，清晰自己肩负的于社会、于学生的使命和担当；有先进的教育教学理念，真正着眼于学生的长远发展、可持续发展；有对自身不断进步的追求，及时获取新的知识、思想，与时俱进。教师的价值不仅仅在于其具备的知识，还在于他所掌握的学习方法，更在于教师具有创新的智慧与精神，注重对学生的生命关怀。探索个性化的教育手段、助推学生个性化发展，是教师应有之举。

在高中阶段发掘学生的创新潜质、为其创新能力的发展奠基是我们目前面临的一个重要课题，我们也在深入思考并推进拔尖创新人才的早期培养。创新，是一个民族进步的灵魂；创新，是我们推进卓越教育的不竭动力。

核心素养视角下的课堂思考

中国学生发展核心素养的发布描摹出面向未来的人才形象，“卓越人生”教育的“五力”则是树德中学对学生发展核心素养的校本认识和表达，围绕其构建的“卓越人生”校本课程体系已基本完善，我们面临的挑战是：怎样把核心素养发展的目标在课堂这一特定的时空里落到实处？

向来课堂教学就是改革的重点和难点。远离课堂，似乎就无法畅谈教育；如果置身课堂，却又无法直面教育。理想和现实交织在课堂。

“叩问课堂”——如何把“五力”素养融入学科课堂教学目标？学生在课堂上的发展，一是指课堂单位时间里学生获得的知识和能力的发展；二是指在学生实现全面、全程的成长过程中所收获的发展，即学生的全面、健康、和谐、可持续发展。引导学生求知与让学生智力得到开发无疑是教育的一项突出任务，但不是唯一任务。核心素养更多地体现为一种价值观，这里的学生发展既包括知识、技能方面的发展，也包括方法方面的发展，既包括情感、态度、价值观方面的发展，也包括形成健全的人格等方面的发展。那么，在习惯上以传授知识为主要目的的课堂教学活动中，我们需要结合学科特质，挖掘并凝练学科核心素养，做出核心素养的校本学科表达，并躬耕实践于课堂教学中，继而达成课堂教学乃着意于培养人的教学愿景，有力彰显课堂的生命活力，优化学校的教育生态，以积极回应树德中学“卓越人生”教育的学校文化。

“研究课堂”——“五力”素养引领下的课堂应该具有哪些特征？不同层次、不同类别学力的学生如何在课堂上获得帮助？关注学习力发展的思维培养应当何为？课堂的思维深度、学生的思维参与度如何？思维工具如何辅助教学？“可视化”学习如何能够实现？建设“五力”素养发展的课堂教学需要怎样的实施路径？挖掘学科专业知识的教育价值，科学把握教学内容，合理运用教学方法，将现代教育技术无缝式融入教学中，良好师生关系的确立，和谐课堂氛围的营造，课堂环境的优化，甚至是课堂时空的拓展，都是课堂提质的重要途径。欲让知识、技术、环境、课堂形态等优化切实为学生核心素养发展服务，最为重要的是，我们需要培养课堂的问题意识，让学生拥有一双善于发现的眼睛，滋养出探索的兴趣与愿望。

“读懂课堂”——课堂的本质是什么？课堂的本质是学生生命成长的原野，是师生共同经历的一段特殊的生命历程。我们提出“课堂实践”，提出“课堂教育”，它泛指发生在课堂上的与教与学相关联的一切活动。与课堂教学不同的是，课堂教学的概念强调教师传授知识和技能，落点偏重于知识的传递，课堂实践意在强调这一过程中的体验、感悟等情智活动的不可或缺。我们需要培育合作的精神，在课堂教学和学校教育中适当留白，为学生提供一个开放的教学时空，使其能自由、自主的学习。这样的课堂，尊重学生的发现，包容学生的异见，智慧地呵护每一个创新的火花。如若我们想形成课堂实践乃学生自由自主地学习的课堂教育哲学认识，就需要教师着力研究并实施学生如何在自由的心境中滋生出自主学习的方法与能力，这样的教育实践无疑考验着教师怎样影响人的专业能力与素养。

“变革课堂”——课堂不变，教师不会变；教师不变，学校不会变。反之亦然。学校课程建设的完善反推教师教学发生变革，带来对课堂的新要求。突出核心素养发展的课堂实践，是对学校“卓越人生”教育课程价值的进一步澄明。校本化课程无论承载着何等丰富的价值追求，都需要课堂实践来给予支持。那么，教师如何变革课堂呢？需要教师沉潜在自我的教育实践中，进而在实践中不断反思，促成自我对课堂的认识从感性走向理性，从智性走向人文性，从真理性走向艺术性，只有包含深层的智力思考、积极互动的创造性活动、富含爱意的课堂教学文化，才能创设出具有教育之美的课堂教学，这样的教学变革才会既有力发展学生的关键能力，又会滋养出学生的关键品格。当下的课堂变革也好，学生的核心素养发展也罢，有一点不得不给以密切关注，那就是在坚守与创新中，要让课堂与时俱进，关注学生适应21世纪发展的特别能力，如信息、媒体与技术能力、人际沟通合作能力、批判创新思维、生存能力等，只有让课堂教学融入新的时代元素，回应时代要求，积极优化学生核心素养发展的课堂行为与教学机制，我们的课堂教学才会与时代共舞，这样的教学变革才会直抵学生的心灵成长。果如是，我们的课堂教学将会留给学生永久的记忆，教育才会成为助人成长的善举，于个人、于学校、于民族都是居功至伟的。

基于核心素养培育的学科教学

我们从春天走来，春色满校园。阳光运动季，少年在奔跑、在跳跃，青春在尽情地挥洒。当健康、快乐、幸福、美好成为学校教育的路标时，素养的沉淀与品质的提升便成为我们的关注之处。

早在 1997 年，经济合作与发展组织（OECD）就开始了对核心素养的研究，希望在国际背景和跨学科背景下，搞清楚个人成功生活与社会良好运行所必需的素养。《中国学生发展核心素养（征求意见稿）》指出，学生发展核心素养是指学生应具备的、能够适应终身发展和社会发展需要的必备品格和关键能力，综合表现为九大素养，具体为社会责任、国家认同、国际理解、人文底蕴、科学精神、审美情趣、身心健康、学会学习、实践创新。作为一种追求效益的发展观，培养什么样的人，怎样培养人，这个关键问题现在看来，并非一成不变。

聚焦核心素养的培育，推动我们走向课程的融合。学科课程结构决定学生的素养结构，这就要求教与学置身于真实的环境中，聚焦真实的问题，在探索中去发现、去创新。这使得学科的界限被突破，共同成长成为可能。于是我们将国家课程校本化与校本课程建设相互融合，使不同层面的课程适应学校实际需求，形成具有学校办学思想和价值主张的课程体系，锤炼国家课程实施的校本特色。德育课程与智育课程、活动课程与学科课程相整合，“德以树滋，智因学长”。学科课程之间的跨界整合，实现了多品种、多层次、多文化的重构，产生出生动有趣且富有创意的效果，STEM 课程应运而生。学科内部各模块之间也在整合，如语文学科打破原有教材的必修选修模块，重构校本化的选修体系，通过全员选修和自主选修，推动校园阅读课程的实施。

聚焦核心素养的培育，推动我们走向学科的觉醒。学科教育的目标是什么，价值在哪里，达成的路径是怎样的？叶澜说过，每个学科对学生的发展价值，除了一个领域的知识以外，从更深的层次看至少还可以有：为学生提供认识、阐述、感受、体悟改变自己生活在其中，并与其不断互动着的、丰富多彩的现实世界的理论资源；为学生的形成和实现自己的意愿，提供不同学科所独具的路径和独特视角、发现的方法和思维策略，特有的运算符号和逻辑工具；为学生提供一种唯有在这个学科的学习中才可能获得的经历和体验，才可能提升的独特学科美的发现、欣赏和表达能力。唯有如此，学生的精神世界的发展才能从不同的学科教学中获得多方面的滋养，在发展对外部世界的感受、体验、认识、欣赏、改变和创造等能力的同时，不断丰富和完善自己的生命世界，体验丰富的学习人生，满足生命的成长需要和认识自我，发展自我意识与能力。唯有如此，学科教师才能完成从学科专业人员向学科教学专业人员意义的基础性转化。这需要我们深度探究学科素养的构成要素，明了每一要素的层次与组织结构，以及各要素之间的内在联系，揭示出知识的思维方式，更加准确地把握教学的深度和广度，从学科内容和对学生核心素养的要求的双重视角诠释教育目标，在学科教学中培养学生的核心素养。

聚焦核心素养的培育，推动我们走向课堂的改变，真正走向以学生为中心的教育。教学是师生合作进行的真实研究，本质上是一种探究和创造。学科核心素养的培育离不开学生整个身心的内在卷入，教学的难点与焦点就在于此，教师怎样影响并唤醒学生，直接影响着学生核心素养的生成与建构，以及与此伴生而来的学生创造性品质的培育。教师引导学生循序渐进，坚持为理解而学，为思维而学，引领学生为高层学习奠定知识基础，以及意义理解与自主思维的基础，并将基础层面的学习深入深层学习状态，着力培养学生问题解决的能力和批判创新思维的素养。课堂的对话与合作是基础，学生在学习中通过人际关系，运用书本、电脑等工具，重视偶然性、重视多样的发展方向与机会，使得课堂成为播撒思考的种子、展开交流的场所。这就需要我们重新检视自我教学行为的合理性，剔除随意耗散的教学行为，坚持在揭示出知识内核基础上，实施“简而多”的意义性教学。

少年在春天里蓬勃生长，校园充满了激动人心的力量。我们关注学科核心素养的培育，就是在关注学生的生命活力与真实性成长，用教育的爱与智慧激发出学生的学习动力，成就出一片斑斓的青春画卷！

课堂微变革

继学校发展性地提出“树德树人、卓育英才”的教育主张后，我们创新了学校的课程结构，基本完成了对学校课程的顶层设计，形成了“卓越人生教育课程图谱”。着眼于“道德力、学习力、实践力、创新力、领导力”这五大核心素养的培育，我们认识到国家课程的校本化实施应该是学校课程建设的重心和基础。于是我们对国家课程进行了整合，对原有的校本课程进行了优化，对国际课程进行了借鉴，对特色课程进行了开发，形成了学校“品格课程、学术课程、实践课程、未来课程”四大课程体系，体现出“分层+分类”的思想，更好地关注到全体与个体的共同发展。这就是我们的基于差异取向的校本化课程实践。它以分析学生差异为基点，以适应学生差异为手段，以发展学生差异为目标，充分尊重和满足学生个性发展的需求，帮助学生在实现群体发展的基础上实现差异发展，“做最好的自己”，成就卓越人生。

今年的主题在延续这些年研究的基础上，坚持聚焦课堂。课堂毕竟是学生学校生活的主要时空，是课程“落地”的地方，是教育教学思想的“承载者”。如果没有课堂行为的跟进，我们很难评说教育改革的成效。当我国新一轮基础教育课程改革发展到今天，当招考制度发生深刻变革的时候，我们已经清晰地看到了课堂之于教学的重要意义，以及课堂研究之于教学研究的重要价值，于是，我们提出"课堂微变革"，这也是一种"静悄悄的革命"。

分类分层的差异取向教学考验了教师的课程领导力。它意味着可能每个老师的教学计划都会有所不同。依托共同的课程标准，我们需要安排不同的教学内容，设计出符合自己任教班级学生情况的课程并予以实行。课程推动了课堂的变化。

分类分层的差异取向教学考验了教师的教育理解。这样的课堂要求我们的教师能够具备识别差异、尊重差异、满足差异、发展差异的能力。我们追问：我能够为什么样的学生提供怎样的课堂？我们能否敏锐地捕捉到学生的差异，接纳这样的差异，以我们的教学满足学生现阶段差异的需求，进而发展他的差异优势？

如果能识别并接纳学生的差异，我们的课堂是否可以更加的从容平和，我们对待学生是否可以有更多的理解和期待，我们所倡导的"尊重、信任、发现、宽容"的课堂文化是否可以真正得以彰显，让课堂成为爱心、人格和知识之美交织的磁场？

如果能够从满足差异、发展差异出发，我们的课堂是否可以多一些互动、多一些表达，是否可以多一些评价的量标或尺度？我们不致力于培养整齐划一的孩子，我们允许他们有多样的成功样态；我们不汲汲于把短拉长，我们让他们有机会长处更优、更精深。

我们希望今天的课堂能够更多地关注学生的学习体验，在教学活动中满足差异、发展差异。

整齐划一的课堂也许有短期的高效益，看似饱满的效率可能是以牺牲部分学习困难学生、学生失去学习兴趣为代价的。我们给了学生多少体验和交流的机会？我们今天的课堂要坚持什么、要打破什么、要发扬什么、要改变什么？

佐藤学在《学习的快乐——走向对话》中说："学习，可以比喻为从已知世界到未知世界之旅。在这个旅途中，我们同新的世界相遇，同新的他人相遇，同新的自我相遇；在这个旅途中，我们同新的世界对话，同新的他人对话，同新的自我对话。"在这个过程中，我们经历假设、预测、操作、提出问题、追寻答案、想象、发现和发明等经验，借以产生新的知识建构。可见，学习体验是一个过程，是一种由被动到主动、由依赖到自主、由接受性到创造性地学习的过程，由此达到促进学生自主发展的目的。这就是学生学习方式的改造：从被动接受现成知识的方式转型为主动建构知识的学习方式。

那么，在我们的课堂上，是否可以少一点理论的反复、多一点活动的设计？是否可以尽量保证实验的开设、演示实验的真实？是否可以少一点"一分钟讨论"，多一点三分钟"留白"……

我们能否宣言坚决不拖堂，我们能否保证新课引入贴切、讲授充分、学生思考充分？不以"高考难度"为借口，不被教辅所绑架。我们借助现代化的技术让课堂鲜活生动，我们通过磨题使训练更加科学合理。

变革是一种痛苦，也是一种涅槃，更是一种发展的机遇。我们以一种柔和的力量推动这种课堂变化的发生。

课堂寻变

近来翻转课堂大火。

我们也派出教师团队去往教育发达地区的名校参观学习，观摩了一些翻转课堂。课前的学习没有亲见，课上同学们人手一“本”，教师的推送立马可见，课堂练习的反馈立等可取……有人欣喜，有人认同，有人否定，有人排斥。

我们一直在寻找理想中的课堂，从对效益的关注走到对人文精神的培养，从对形式的琢磨走到对品质的追求，理想中的课堂该是怎样的模样？

今天的课堂应当体现时代的精神，是一种自主、探究、合作的学习。今天的课堂面向明天的变革。考试评价制度、课程建设等正在发生变革，我们关注人的生命成长，让教学之美激发学生创生的力量。

创新势在必行。这是一种积极面对的姿态。时代在变化，变革已然逼近。信息技术使得人们随时可以在云端调取自己需要的知识，储存知识已经不是学习的主要目的。在这种背景下，学生必须学会利用听觉/言语通道和视觉/图像通道表达和处理信息，并融合自身的情感掌握获取知识的方法，具有发现问题、积极探究、寻求解决问题途径的创新精神和创新能力，这成为最重要的教学目标。于是慕课、翻转、微视频方兴未艾，重构了学生学习的流程。“信息传递”是在课前通过视频或在线进行的，“吸收内化”是在课堂上通过互动来完成的，教师能够提前了解学生的学习困难，在课堂上给予有效的辅导，同学之间的相互交流更有助于促进学生知识的吸收内化过程，并努力彰显学生的个性化学习。我们在尝试。

但是，我们知道技术只是一种手段，翻转是对现实课堂的一个改善。我们不能断定传统的学校和教室以及教师这一职业是否将会消失，我们知道的是，其实翻转的教学流程中，不变的是对学生自主学习的关注、自学能力的培养、探究精神的鼓励。

可不可以说，我们今天倡导的是一种在老师指导下的“自主学习”，一种“亦师亦友”的融洽氛围，追求的是一种“自由开放”的精神，一种在“质疑问难”中的激情飞扬?

这是创新，也是一种继承。

课堂的英文单词“lesson”来自拉丁语“lectio”，代表“阅读”和“说出来”，点出了课堂的基本生态：交流互动，包括知识、情感与价值观等方面。

这让人遥想起苏格拉底的启发和辩论、孔子的因材施教和循循善诱、宋明时代书院中的自由思考和问难论学、民国时期西南联大的兼容并包和学术民主。

这就是抵及人性而永恒难变的课堂意蕴与诗意！这和我们理想中的课堂何等神似！

于是，叶澜如是说：课堂的本质是学生生命成长的原野，是师生共同经历的一段特殊的生命历程。

我也曾追过一些慕课课程，我也好奇地去看过可汗视频，我知道慕课的惊人注册数背后完成率的低下，我也知道“翻转”的初衷是解决因故不能到校上课的问题。所以“翻转”的课堂运用更需考究，线上与线下的结合更费心思，师生情智融合的路径更需探讨，以期实现师生的共同成长。

对于课堂的不同理解带来不同的课堂教学质量观。

如果把质量“浓缩”为数字，我们会走向单纯追求知识的灌输、技能的训练，于是课堂便会充斥着无尽的挫折、低效的重复、压抑的呻吟。

如果把质量理解为“个性”“轻松”，我们的课堂可能会宽而无当，尊重学生的口号下是不负责任的放纵。

我们既关注大数据背景下定量的分析检测，也记录过程中的体悟；我们关注知识的内化、习惯的养成，也关注心灵的成长、价值观的确立。我们以方法指导提升自主学习的能力，如指导课堂笔记，做好错题集，拟订自主学习计划并及时反馈计划实施情况等。我们以个性化辅导促进差异化发展。我们施行导师制，通过自荐和推荐相结合的方式为每一位学生确立发展导师。我们为学生建立个性化的成长记录袋和成长手册，创设良好课堂教学生态环境。价值关怀与知识追求的统一一直是我们的教育传统。

所以今天的课堂与课程不仅仅指向那一方小小的逼仄空间，它融通着不同的教学时空，承载着学生生命与精神成长的重任。我们以创新与变革逐梦理想，陪伴学生成长！

含英咀华话“英才”

我校是四川省拔尖创新人早期培养的试点基地校，从我们的生源和学校品质来讲，确实应该思考如何在培养创新型人才方面做出贡献。

首先要明确的是，何为英才？英的本义是蓓蕾，表示“尚未绽放的花朵”，后来以“英华”寓指才智杰出、才能出众的人。

《礼记·辨名记》说“德过千人曰英”。德字的字形里面，“彳”表“行走”之义，眼睛上面有一条直线，下面加了“一颗心”，即“行正、目正、心正”谓之德。树德校徽似一枚印章，九字形的砚台包容着一个德字。以树德命名，是取“树木树人、达才成德”之寓，这是树德人近百年来的传承。德有公德和私德之分，不可偏废。于私，恪守规则，修身齐家；于公，心存敬畏，治国平天下。所谓英才，首先是对“德”的信仰，就当有精忠报国的志气，有挥斥方遒的锐气，引领一个时代、一个领域、一个团队，是这个时代、领域和团队的定海神针。“以德服人”“德高望重”就是这个道理。

什么是“智”呢？有智慧，不盲从、不守旧，敢于质疑、敢于发声。有勇毅，勇于开拓、勇于进取，敢为人先。他们或张扬，或内敛，有理性、有个性，却都对未知事物充满广泛的好奇，且能专注而持之以恒地进行探索，为人类社会的发展做出贡献。所以“英才”不是荣誉，而是责任。

《中国青年报》曾以“中国面壁者”为题，报道了中国工程物理研究院即俗称的“核九院”一批又一批的年轻人坚守在崎岖重叠的西南大山环抱中，与尘嚣隔绝，“铸国防基石，做民族脊梁”。

湖南卫视也以此为题，讲述了“中国量子物理之父”潘建伟等四位中科院科学家，几十年如一日奋斗在科研一线，坚信吾生有涯，而知无涯，以中国之名，突破人类文明认知边界，以科学之光，照亮古老民族的复兴之路。

以面壁者喻这些科研工作者，相信《三体》的爱好者能对其含义心领神会。他们是孤独而执着的。研究的道路会越走越艰深，同行者会越来越少，可是他们却始终初心不改，在跋涉中体味着常人所不知的乐趣。要创新、要创造，离不开笃实的学术研究，离不开单纯的目标和信仰。喧嚣浮躁中难有真的科研，名利追逐中难有真的成就。所以，六十年潜心航空发动机研究、为直-20打造“中国心”的陈懋章院士曾说，科技报国，关键要做到两点：做学问要痴，做人要傻。痴，就是要真正钻进去；傻，就是对待名誉地位不要斤斤计较。

这位院士1947年考入我校初中，是初16班的学生。这位老校友在前两天专门为我们在校的同学们写了一封信，希望学弟学妹们一定要有吃苦耐劳、经受失败挫折的准备和锻炼。要独立思考、理性质疑，不做只会背书、会考试的已有知识的继承者，要做新知识的发现者、创造者，成为科学技术大风大浪中的引领者、弄潮儿。

这个时代呼唤英才，国家发展呼唤青年成为英才。我们正处于一个呼唤创新创造的时代。我们急切地需要从中国制造走向中国创造，尤其在科学领域更是急切地呼唤自主创新研发。做老师的都希望集天下英才而教之，其实培育英才的老师更当是英才！德过千人，智过万人，我们应像前面所述的各条战线上的英才人物一样担当起时代的重任，以我们的努力引领青年学子的成长。

在这样的背景下 STEM 课程受到广泛的追捧成为必然。我们受到老校区物理空间的限制和经费的制约，短期内难以像其他兄弟学校那样建出高大上的实验室、工程室等，但是我们可以从学习方式上来跨越困难。我理解此课程的核心是建立在 STEM 基础之上的跨学科、项目式的学习和研究。于是我们也成立了 STEM 课程中心，构建起由竞赛类、科创类、工程类、大学选修课等模块组成的英才培育课程体系，以英才实验行政班和英才学院选修课程相结合的模式开始了我们的探索。这对我们的老师们提出了挑战。

一是校内竞赛教练亟待成长。竞赛需要整合各方智力支援，更为关键的是我们是否有自主规划的力量。长久以来，一批在常规教学方面驾轻就熟的优秀老师对竞赛教学保持距离。记得为了推动一个学科竞赛，我们和教研组长做了好几年的工作。

二是教师跨学科的指导能力亟待提高。科创类、工程类课题研究指导对我们的老师来说是有一定的难度的。客观来讲，高中阶段的全科教师是极不容易的，我们需要依托高校与工程类专业的老师建立联合培养的模式。但是，我们的老师也必须要适当了解相关的知识，对课题的研究领域有一定的认知。

三是具有英才潜质的学生需要有量身定制的培养方案，老师们“因材施教”的能力亟待提高，要能够细致观察每个学生的身心特点、个性特长、知识能力、认知模式等，让我们的培养方案有针对性、有实效性。因循守旧、故步自封是我们的大忌。

最大的挑战是老师们的决心和毅力。人人都有一个舒适区，在既往的成绩光环下我们自信从容，而英才培养的高标准会暴露出我们学识上的不足、能力上的匮乏、眼界上的逼仄，我们几乎是要重起炉灶，投入大量的时间和精力去钻研，还要同时面对常规教学的双重压力。我们会担心长期的投入不能得到期待中的回报，我们会畏惧这个过程中的艰苦和困难甚至是周围的冷嘲热讽。

一群追梦者担当起了这项任务，有年轻人，也有四十出头的同志，涵盖了不同的学科。他们分工合作，不计较个人得失，拒绝外界的诸多诱惑，在摸索中迂回前行，逐渐地做出了一些成绩。这就是树德教师团队的中坚力量！他们就是我们身边的“面壁者”，“面壁”十年方才图得“破壁”。不要鄙薄苦干，不要嘲笑卑微，我们用勤恳笃实、创新精进的姿态生活在每一个精彩的瞬间，英才正是从实干中走出来。

寄语年轻的树德人，少年强则国强，少年智则国智。树德的年轻一辈可以做什么？

我希望你热爱生活、亲近社会，始终保有一颗好奇心，对未知世界充满探索的欲望。

我希望你潜心研究，不盲从权威，不鄙薄自己，保持精神的独立和自由。

我希望你视野开阔、乐观豁达，不畏艰险，不惧困难，砥砺向前！

老师也可以做课程

课程领导力是一个优秀教师的必备品质，它包含教师的课程执行力，也包含在课程思想的指导下设计、规划课程的能力，能够真正体现出教师的教育理解。

对学校的课程体系做了顶层设计后，我们希望能够把校本课程这个版块进行重新梳理，使之成为学校课程图谱中的有机组成部分。怎样的校本课程才是我们所期待的呢？老师们感到很困难，有一些回避。

曾经看到一篇介绍美国某高中的文章，提到他们有两位热爱学校的老师，为了把这所年轻学校成长的历程记录下来，开设了一门校史课程，专门带着孩子们整理学校历史资料、走访校友。这个片段给我留下了很深的印象，当时我们正困惑于学校校本课程的开发设计，我惊讶于原来这样就可以做成一门课程。

一是困惑于对“课程”内涵的理解。或是泛化理解了它，把什么都当成课程。我们也曾编辑过一些册子谓之校本教材，但是真正认真来审视它的时候，我们发现这样的课外活动还不能等同于校本课程，它缺乏深刻、完整而又富有高度的价值引领，也缺乏系统性，显得零散而随意。但是，随着对“课程”这一概念的学习，又感觉它颇为高深，竟然生出了畏惧感。

二是困惑于“校本”的具体呈现。华东师范大学教育学博士郑金洲在《走向校本》中这样解释：所谓校本，一是为了学校，二是在学校中，三是基于学校。什么样的课程才能够真正体现校本特色，又该怎样理解“基于学校”的含义呢？

正是有着这样的困惑，我对一些有着数百门校本课程的学校很是羡慕，多少也还有点不解：怎么就能有那么多呢？

那时我们正在动员老师们开课，一时倒也热闹，真的是“课程活动化，活动课程化”。比起以前的第二课堂兴趣活动还是有了一点进步：单个的课程设计有了一定的意识，有了分领域、分模块的意识。它初步体现了学校的两个目标，有一定的特殊性和先进性，有利于增进教师对学校课程目标的理解。给学生的各类活动赋予课程的内涵，从课程性质、课程基本理念、课程设计思路、课程目标、课程内容、课程实施、课程评价、课程资源的开发与利用、课程管理等方面加以规范，从而把各类活动提升为学校课程。只有这样，学校内的各类活动才会常规化、长久化和规范化。只有这样，才能促进学生全面发展的特色化和多样化，使之更符合多元智能培养和发展的需要。

那两位美国高中教师的实践带给我们一场顿悟。校史是对一所学校发展轨迹的真实记录，我校建校历史虽不长，90 多年的历程中却颇多风雨，文史资料遗失非常严重，以至于我们拿不出一部较为翔实的校史，校友资料更是非常缺失。我总有一种迫切的感觉，如果我们再不抓紧时间补上这一点，学校的那段历史就再没有机会发掘出来了。我们是不是可以借鉴那两位老师的做法呢？

机缘巧合，我们在学校的档案室发现了两个旧麻袋。上面布满了灰尘，那是一段尘封的故事。历史组的老师们兴奋起来：我们能不能也开设一门校史专属课程，组织感兴趣的学生专门来寻访树德老校友，通过访谈、通信等方式，在那些口口相传的故事中清晰树德当年的模样？

可亲可敬的L老师带着同学们把这门课开了起来。穿上白大褂、戴上手套、围上口罩，我们小心翼翼地把一份份资料取出来、理平整。那些古老的毕业证存根上，一张张年轻的面庞那样鲜活，隔着几十年的岁月，树德学子以这样一种神奇的方式相遇。我们看到了来自省内若干学校的毕业证，初中的、小学的，我们推测是录取报到时要求交上一阶段的毕业证。我们看到了漂亮的毛笔字记录的会议通知，每一个通知到的教员名字下都有一个记录，事事有回应……尘封的岁月就这样呈现在我们的眼前。

怎样把这项工作课程化呢？它的课程意义是什么呢？我们对此进行了挖掘。

首先是明晰课程的目标。我们在这里关注了学校课程建设的总体目标和历史学科的课程目标。

秉着“基于发现、指向未来”的思考，我们认识到国家课程的校本化实施应该是学校课程建设的重心和基础，于是又把国家课程重新整合，完全融入学校的课程体系之中，聚焦“道德力、学习力、实践力、创新力、领导力”这五大核心素养的培育。而历史学科强调五大核心素养：唯物史观、时空观念、史料实证、历史解释和家国情怀。在校史这一特殊的载体上生成的课程，L老师把它的课程目标表述为：拓展学科核心素养，扩充核心知识，养成历史思维，端正历史价值观；提升社会活动能力，克服社交障碍，运用社会资源，扩大社会接触；还原学校历史，增进爱校情感，肩负社会责任。

然后我们设计了这样的课程内容：史料整理，含实物整理和文献整理。校友访谈，重点寻访年长的校友，以弥补史料的不足。写树德故事，传承树德文化。与之相适应的是灵活的课程实施方式，并主要以过程性评价来进行学习评估。校史课程就这样在磕磕绊绊中开启了。

我们认识到，在这样的校本课程建设中，教师的专业发展得到了明显的推进。一是推动了教师对学科核心素养的认识，加深了他对课程的理解。二是引导教师从系统论的角度对学科课程有了初步的“顶层设计”，自觉落实学科核心素养。三是促进了教师对学校育人理念和课程建设的认识，成为学校课程创新的支持者和实践者，引领了学生身心的健康成长。

校园《论语》阅读的实践

语文组的小伙子来找我，让我给他们的《论语》阅读教学活动成果集写一个序言。小伙子初次担任备课组长，对于带领一个一直以来硕果累累的团队感到自豪而忐忑。我一直关注着他们的这个活动，语文组在工作中的创新总是给我们带来感动。

宁静的校园里，青砖黄叶，绿树红花，老夫子在银杏大道的那头默默注视着每一个过往，有人觉得是目含悲悯、面带沧桑，有人感到的是如沐春风、宽和慈祥。在这样的园子里品读《论语》当是有着别样的感悟吧。

钱穆先生曾说：今天的中国读书人，应负两大责任。一是自己读论语，一是劝人读论语。也有传说“半部《论语》治天下”，是否有片面夸饰不好说，但作为儒家学派的扛鼎之作，它深刻地影响着中国文明是不言而喻的。柳诒徵在《中国文化史》中说：孔子者，中国文化之中心也，无孔子则无中国文化。自孔子以前数千年之文化赖孔子而传，自孔子以后数千年之文化赖孔子而开。穷孔子一生，我们看到的是孜孜不倦的求学之路、不可为而为之的求道之行、时时砥砺的精神家园。因此，《论语》成为我们传统文化阅读不能绕过去的点。

但是《论语》的整本书阅读难度是很大的。因为它是记录孔子及其弟子言行的书，是一本“言论集”。整本书阅读强调读者在看似一堆碎片的文字里去梳理其话语体系、思想体系和逻辑体系，从而获得对儒学理论的整体感知。这不同于对其中的语录做片段式的摘记和推敲，也有别于浅尝辄止的人云亦云。让同学们学着用论文写作的方法来提炼自己的阅读思考，从而在思想的升华和深邃过程中收获到学习的方法、研究的态度和科学的精神，老师们可谓是用心良苦！

曾有一本叫作《如何阅读一本书》的“专业学术书”在国外十分畅销。其畅销，一是在于它揭示了阅读与心智成长之间的关系：好的阅读，也就是主动的阅读，不只是对阅读本身有用，也不只是对我们的工作或事业有帮助，更能帮助我们的心智保持活力与成长。阅读一般分为三种目的：娱乐消遣、获取资讯、增进理解力。只有最后一种目的的阅读能帮助阅读者增长心智，不断成长。二是在于它指出了阅读是一门艺术，是每个读书人都必修的一门功课。读书是有方法、技巧的，阅读是需要训练的，它指导了读者提升阅读理解能力的具体方法。

我们正是在做着这样的事情。我们的母语教学正承继着叶圣陶先生“读整本的书”的主张，做着整本书阅读的教学实践。我们从单篇精读、群文阅读走来，期待以大体量、大容量阅读为学生搭建思考、创造的平台，改变碎片化、浅表性阅读以及阅读视野窄化的学生阅读局面，以担负起文化传承、继往开来之功，实属不易。

当然，就高中学习的现实而言，就十六七岁的青年而言，真正读懂《论语》绝非半年能够完成的任务。今天所呈现出来的心得也还稚嫩浅陋，我们的整本书阅读教学也还处于探索之中。但是，今天的努力如果能在同学们身上打下阅读的烙印、在同学们成长的历程中送一路书香陪伴，这些努力就都是有价值的——

“君子务本，本立而道生”。

这也让我想到语文组多年来的实践探索。一个教研组的持续创新能力从何而来？其团队文化中“不忘初心”的品质是一个重要的因素，不因没有当下的效益而放弃，不因眼下的困顿易其志，始终坚持自己的教育理想和学科追求，才能不断地去思考、学习、实践，不断地优化教育教学的艺术，从而进入一个自觉的精神境界。

春光里，师生在老夫子像前合影，笑靥如花，璀璨了整个校园。

光阴流逝固然如斯，吾等依然见贤思齐；知任重而道远，奋斗自然是不舍昼夜。

一个教研组的学科突围

办公室里，班主任的桌旁堆放着几个大大的纸箱子，一群老师嘻嘻哈哈地围在一起，手上还摆弄着一些样式古怪的东西。他们告诉我，是学生公司的产品今天送过来了，这些卡座、便携耳机、灯等都是学生公司的作品，马上就要举行产品发布会进行售卖了。“学生们太能干了!”班主任们很是惊讶于学生在这个活动中所展示出来的创造力。

其实这项活动已经成为我们政治教研组的品牌活动了，它也是我校财商素养课程的实践。2016 年，学校被中国教育学会评审为全国财商教育实验基地学校，是川内第一所获此殊荣的高中学校，它肯定了学校多年来在财商教育方面的探索和实践，也鼓舞我们深入思考这一课程的校本建构，使之成为学校“卓越人生”课程体系中不可或缺的组成部分。

课程的开设不是源于学校的行政命令，而是一个教研组、一群人的自觉追求。

我校前辈们在 20 世纪 90 年代末就在“经济常识”课程的教学实践中，结合时代发展的新形势、教材的基础理论与学生生活，在教学内容和方式上有大量的创新实践。校本选修课程“投资理财”“经济纵横”等系列课程，补充了大量教材还未提及的新的理财方式和理财组合原则等相关知识，并带学生进入证券交易所、银行参观学习，多次邀请专家学者举办财经讲座。国家课程和校本课程相结合，尽可能地满足学生多元需求，实现基础性知识的奠基。

如今新生代继往开来，在学校“卓越人生”教育实践中，突出学生核心素质的塑造，在培养学生的“智商”“情商”的同时重视培养学生的“财商”。在老师们的努力下，树德财商教育进入了专业化、体系化发展的新阶段，把卓越人生教育落实在了课程的开发和实践上。在校本课程中又开发出《牛奶可乐经济学》《股票入门》《储蓄的小窍门》《保险的秘密》等内容。同时引入CAP课程（中国大学先修课程）中的微观经济学课程，学有余力的学生可以自主选修，以满足不同类型学生群体的需求。

是什么样的力量推动着他们的教育实践?

学校文科的规模一直比较小，政治学科组的规模不大，比不上那些“重工业”学科受学生重视的程度，这样的一个教研组怎样在学校的发展中为自己定位，成为其中闪亮的一环呢？我们的老师们在行动。

这是一个团队的眼界。

随着社会经济的高速发展和生活水平的提高，“财商”成为每一个社会人的必备基本素养之一，老师们敏锐地认识到“财商”教育也是公民教育的重要内容。从20世纪70年代开始，经济先发展起来的美、英、日等国就意识到这一点，越来越多的学校制订了财商教育计划，并列入学校的必修课中。近年来，我国“北上广”等发达地区也开始了区域性财商课程建设的实践，青少年阶段是财商培养的关键时段。作为基础教育的领军者，树德不能缺位。

这是一个团队的自觉。

新高考的改革推动高中学生生涯规划的迫切性。经济金融类专业的持续“高热”引发我们的冷思考，引导高中生了解这些专业的特点和发展趋势、对人才的要求，为学生的未来发展做出合理的建议是学校的应尽之意。

同时，新高考改革带来的选科组合，对学科组教学提出了挑战。怎样引导学生真正认识到本学科的价值内涵和意义？学科组怎样求新求变？老师们以一种积极的行动迎接挑战。

这是一个团队的智慧。

老师们一改政治学科严肃枯燥的模样，花费大量心思打造学生社团，巧妙结合各项赛事推动课程实施，体现出实践性、趣味性特点。

学科组“认领”了学生社团金融社，精心筛选了三个大赛，借助备赛来丰富财商课程的实践。一是全国财经素养大赛。该赛事从 2015 年创办起就受到我校学生的关注，他们参与的热情很高，在连续两届大赛中都取得了优异的成绩，学校成为大赛的基地校。二是 ASDAN 模拟商赛，模拟公司商业运作。这项模拟商赛要求全英文参赛，参赛选手担任公司不同高级经理角色，在人力、生产、销售、运输等方面做出决策并时刻关注市场变化，以求用最小的支出获得最大的市场份额。在完全仿真的市场，参赛者会提高经济分析技能、逻辑推理能力，扩展人脉并提高沟通交流、团队协作、公众演讲以及商业英语运用能力。三是 JA 中国学生公司的运营，指导学生做市场调研、开发产品、生产运营，把活动搞得风风火火。

热闹的背后是艰辛。创新实践的过程中，老师们也面临着许多的困难。

一是自身的专业学习压力。课程主要由校内有兴趣、有一定特长的政治学科教师承担统筹协调和管理的工作，其财商方面的专业知识是浅表的知识，影响了课程的专业性和系统性。比如欠缺微观经济学中涉及的较为复杂的数学知识。老师们主动参加各类学习培训，又依托课题研究来提升自己的专业能力。

二是工作量的增加。社团活动的时间总是在课余、周末以及节假日里，大大增加了老师们的工作量。

其实，从功利的角度讲，学生多样的学习样态其实并不能为其升学提供现实帮助，在财经类高校的录取中也并无优势可言，更谈不上选修了 CAP 课程是否可以在进入大学后换学分的问题了。

学校德育的课程智慧

我们常说，“德育无小事，事事皆德育”，也说“人人都是德育工作者”，有没有点“泛在”的意味？然而，“泛”需要有中心、有灵魂的统领，否则就会沦入“滥”的层次了。那么，对学校德育工作做课程化的顶层设计就是一个极为有效的途径。

我们对于德育课程的认识有一个学习进步的过程。刚进入新课程改革的时候，我们开始思考学校课程的顶层设计，不时会听到这样的声音：“课程就是个筐，什么都往里面装！”“课程啊，教务处的事！”后来，各类名目的课程又一下子铺天盖地，“课程”成了一个时髦的标签。

其实我们对课程的概念做一些关注就可以发现，课程是对教育的目标、教学内容、教学活动方式的规划和设计，是教学计划、教学大纲等诸多方面实施过程的总和，主要由课程目标、课程内容、课程结构和课程评价四个要素组成。

我们说学校德育的课程化建设，其实就是指用课程的思想来统领德育工作，用系统论的思想构建起一个德育体系，使得我们在德育工作中目标明确、内容具体、结构分明、实施有序、评价有据，避免零散而忙乱的工作状态，真正实现课程育人、文化育人、活动育人、实践育人、管理育人、协同育人。这个思量甚至可以用在班级建设中，不是也有班本课程逐渐诞生了吗?

这也是为什么我们的“卓越人生”课程体系中，要融入品格课程和实践课程，把德育课程建设整合在学校课程顶层设计中，构建立体的德育课程体系，助推学生全面发展。

德育课程建设的出发点指向学校的育人目标。

树德建校之初就将“德”定为学校之“魂”，提出“忠”“勇”“勤”的校箴，以“树德树人”为办学宗旨，今天的树德，以“坚实美德基础，追求卓越人生”为目标，沉浸“树德务滋”的德育理念，构建起独具树德特色的德育体系，让卓越人生教育的信念沉淀为一种文化自觉，为促进人的全面发展、培养德智体美劳全面发展的社会主义建设者和接班人而贡献树德智慧。

品格课程围绕“文明养成、德性塑造、责任培育”三个着力点，注重学生的内心修炼，张扬学生的生命力量，滋养学生的精神世界。

文明养成意在培育优秀习惯和文明素养。道德善良来自习惯。教育部修订的《中学生守则》和《中学生日常行为规范》更贴近学生的实际生活，细节具体。学校通过班级值周和“手环活动”“右手行动”“垃圾分类”等活动项目把养成教育落细、落小、落实。

德性塑造意在培育人文精神和审美情趣。强调对人的尊严、价值、命运的维护和关怀，对人类文明和文化现象的尊重，对一种全面发展的理想人格的追求。在树德中学的人文化育中尤其注重塑造学生的“十大优秀品质”(独立、自信、勇敢、坚韧、宽容、协作、公正、善良、真诚、正直)，以孕育自由、纯洁、美好的内心，塑造饱满、和谐的人格。“以美育心”则是其中重要的一环。为此，开设有“卓越人生”讲堂、“典礼课程”、哲学与人生等课程内容。

责任培育意在培育国家认同和国际理解。习近平总书记在全国教育大会上的讲话中强调培育“时代新人”，要在坚定理想信念上下功夫，要在厚植爱国主义情怀上下功夫。学校主要通过培养学生的“三个勇于”来塑造他们的理想和担当，即“勇于负责、勇于担当、勇于追梦”，这就是青年学生的理想信念教育和社会公民的责任担当教育。

国家认同是在学校生活和班级生活中浸润对国家政治、历史、文化、语言等方面的认同。通过学团两代会、升旗典礼、值周班级制度、干部竞选制度、班级公约、校史研究、传统节日系列活动、普通话推广周、戏剧、演讲、辩论等活动来实施。意在让学生感悟传统文化，珍惜国家荣誉，养成家国情怀。

国际理解是在对本民族主体文化认同的基础上，增进不同文化背景的、不同种族的、不同宗教信仰的和不同区域、国家、地区的人们之间的相互了解和相互宽容，促进交流与合作。在当前开展国际理解教育还应包括中国的国情和特点：中国传统文化对世界文化的贡献、中国近年来国际地位的提高、中国与世界其他国家的交流与合作等。目的是让学生养成民族自尊心与自豪感，在对本民族文化认同的基础上，与其他国家人们平等友好地交往，形成民族平等意识和民族团结合作精神。学生活动的载体包含中国风度、世界礼仪、模拟联合国、国际友好学校及城市的交流互访等，学校通过这些活动，让学生的言行举止饱含中华文明修养，养成包容宏达的胸襟。

实践课程指向技能养成和视野开阔。

生活与生存包含生活技能、自救技能、生涯发展课程。通过各类和家长共建的选修课程，为学生提供诸如烘焙、裁剪、茶道等家政技能的学习；依托安全教育平台学习相应的安全知识，组织疏散演练，学校获评为安全教育示范学校。2013 年以来生涯发展课程实践贯穿高中学生的三年，进入课表课堂，打通校内外壁垒，引导学生把自身发展和社会需求等因素结合在一起，为未来的选择做出相应的准备。生活与生存类课程，既让学生学会生存，也让学生富有责任与担当情怀。

运动和健康包含体育运动、疾病预防、心理关爱课程。早在树德初创时就提出“身心并健、五育同尊”，每天下午 4 点钟，全体学生走出教室，到操场上参加各项体育运动，意在“健我体魄，励我精神，强我民族，壮我国魂”，现存的校史老照片中还可看到当年运动会的场景。如今的树德延续了对体育运动的重视，被评为省级阳光体育示范校。定期开展疾病防控教育，心理健康课程进入每个年级的课表行课。学校实施这些课程，既让学生强身健心，培育学生阳光心灵，还让学生富含人文与爱心，滋养学生心灵。

实验与技术指向 STEM 课程（含科创活动和研究性学习）。研究性学习是国家课程“综合实践活动课程”的内容之一，我校把它和每年的省市级科创大赛结合起来，并在此基础上组建了 STEM 课程中心，把信息技术、通用技术、机器人设计与操控、交通运输专项课程（和同济大学共建）、3D 打印、创新实验室等项目整合在一起，培育学生的实践创新能力。这个课程我们把它放在教学序列进行管理，不计入德育课程的序列。

服务与实践包含社会实践、志愿服务、研学课程。社会实践、志愿服务课程是国家课程“综合实践活动课程”的具体要求。学校扎实推进综合实践活动课程，为深化学生的社会实践活动，我校还着力实施参观实践课程。古人说读万卷书、行万里路，一来开阔眼界、增长见识，二来可以把书中所学和行走中所见相印证，从而明确人生的方向和目标，坚定自己的理想和信念。学校每年暑期会组织各类夏令营去省外境外交流，平时会组织参观博物馆、国家重点实验室、世界 500 强企业等，增强学生职业体验。学校实施服务与实践课程，进一步提高学生的社会认识力，增强学生认识社会、服务社会的意识与能力。

这样，学校的德育课程体现出国家课程和校本课程的整合、活动课程和学科课程的整合，得以构建起多渠道、全方位的德育课程体系，体现出选择性、实践性和综合性的特点，改变了原有散乱的、任务型的德育工作样态，教育的外延得以伸展到校内外生活的广阔天地，教育的内涵得以丰富与厚重，使德育工作思路清晰、目标明确、路径多样、载体生动。

《中庸》说“致广大而尽精微”，学校的德育工作也需要于宏观处高屋建瓴，于细微处循序渐进。“卓越人生教育”的第一要义是“德性滋养”，为学子构筑人生大厦打下最坚实基础。树德的德育课程坚持以自身“卓越人生教育”的标尺仔细衡量，以“树德务滋”的理念审慎建构，在实践中取得了丰硕的成果。

遇见·预见

在校园里和一群快乐的学生擦身而过，一个男孩子笑着和我打招呼，“老师，你好久没有给我们班上课了!”是的呢，每周0.5课时，稍遇上活动、节假日耽误，可不就是好久没见面了吗？所以，可不敢随意耽误呢！这是高一年级的生涯发展课程，2018年，正式进入了高一年级的课表，至此，该课程形成了课内外结合、校内外贯通、课程与活动呼应的课程体系，课程建设已趋成熟。

2013年的春季，和高二的班主任们在办公室里闲聊，说起了学生在高校自招、高考志愿填报时的种种盲目，一位老师说：“我们应该给学生讲职业生涯规划!”另一位老师说：“你愿意拿出课时吗？谁能来上这个课?”高中生的生涯教育就这样走进了我们的视野。

其实那个时候，我们对“生涯规划”这个词已经不算陌生了。它在2000年前后进入国人视野，迅速引起高度关注，学界对其理论内涵、实践指导、课程设置的研究不断深入，只是较长的时间内人们更多地关注高等教育和成人教育中的生涯规划教育，相关文献占到了总量的近70%。而随着高中课改的推进，以及对世界各国生涯教育的学习借鉴，人们普遍认为"我国职业生涯规划教育应端口前移"，而开设高中生生涯规划与发展管理课程，是填补基础教育生涯规划教育缺失的一项重要举措，也是促进高中课程改革的重要选择之一，有助于高中生生涯发展目标的确立及其实现。不知不觉中，我们踏上了自主开发生涯课程的道路，一群热心于此的人汇聚在一起。

我们分了两步走：教学干部和心育老师研究课程结构和模块设计，形成学校的生涯发展课程说明；德育的管理干部和骨干班主任在培训后组成团队探讨围绕生涯探索的活动开发和设计。

我国的高中生一般是15至18岁，正是"长大未成人"的特殊时期。高中阶段的探索、试探，对于形成职业的具体化认识、做出初步简单的职业选择有着深远的意义。但是，高中的生涯教育绝不仅仅局限于职业规划。石中英认为，我国普通高中教育有"五项任务"，按照其价值上的优先性和前后之间的逻辑与实践关联是：为成人做准备（人格教育）、为未来公民做准备（公民教育）、为终身发展做准备、为升学做准备以及为就业做准备。立德树人是教育的根本任务，把社会主义核心价值体系融入国民教育全过程，培养社会主义合格公民，促进学生健康成长是学校一切工作的出发点和落脚点。高中学段是学生人生观、世界观、价值观形成的关键时期，是升学的关键期，普通高中的生涯教育应该为学生的"德性滋养、人格完善、实践力发展、创新力培育、领袖力奠基"奠定坚实的基础。因此，高中生涯教育不能等同于"职业规划教育"，而是生涯规划启航、职业规划启蒙，包含对高中生涯的规划和实践，我们更愿意称之为"生涯发展教育"。

学校主动在学校课程的顶层设计中融入生涯发展课程，提炼出适合学校发展、切合学生培养目标的校本化生涯发展课程目标：

认识生涯规划的重要性，了解个人发展与生涯规划的关系，梳理并增进自己生涯相关资源与生涯规划基本技能，能够初步进行个人与生活环境关系的探索。

继承“干家桢国，树人斯树德”的学校文化传统，培养积极而具前瞻性的生涯态度与信念，在实践探索中培养职业志趣，树立切合个人发展和社会需求、国家发展的职业志向，培育积极的人生态度。

了解高校和专业，结合学业情况，能够做出相应的升学准备，做出适合自身发展的学业规划。

于是，我们从学校课程体系的顶层设计出发，在学校办学目标的引领下，构建起较为完善的校本化生涯发展课程体系，在高二年级开启了生涯规划课程的尝试。力图引导学生从学业规划走向人生规划，既了解高校和专业，又延伸到对未来职业的追求，以及对该职业价值的认识，进而明白当下如何为实现自己的“人生规划”做准备。我们希望能够借此培养学生宏观而具前瞻性的生涯态度与信念，树立初步的专业志趣和志向，从而增长其卓越成长的力量。在课程的学习中，同学们走向文史馆、科研院所、高校重点实验室、全球500强企业等，静心感受文化的脉络和时代的脉搏，在近距离的观察和亲自动手操作中了悟学习的真正含义。后来又在实践中形成了生涯发展校本教材《遇见·预见》，并在一定范围内得到推广和应用，取得了较好的社会反响。

四川省教育学研究员纪大海评价说：“成都树德中学开设职业生涯规划课程，旨在引导学生设计人生理想之梦，绘制人生发展路线图，让学生清清楚楚前行、明明白白发展，不迷航，不踌躇，不折腾，不焦躁，咬定青山，锲而不舍，最终抵达成功彼岸。此举善莫大焉，功在当代，利在千秋。我为树德中学开展学生职业生涯规划活动鼓与呼。”

五年来的课程实践表明，生涯教育在促进学生全面发展、提高人才培养质量方面具有不可替代的作用。“学其所爱、考其所长”的高考综合改革方案陆续在各省落地，选考科目的确立其实就是对学生生涯规划能力的一个检验，这迫使各界正视高中生涯规划课程的必要性和前置性，普通高中必须以一种负责的态度来开设、开好生涯规划课程，实践仍在路上。

生涯彩虹

那天上课的时候，我带着学生认识生涯彩虹图。

舒伯（Super）认为，生涯是生活中各种事件的演进方向和历程，它统合了人的一生中的各种职业和生活角色，由此表现出个人独特的自我发展形态。他用彩虹图形象地诠释了生涯发展不同阶段与角色间的相互影响和发展状况。

我们看的那幅图作为工作者的角色在45岁的时候出现了断裂，为什么会出现这样的情况呢？学生们对此的解释五花八门："他要弥补以前的遗憾，去参加高考了""他的孩子上高三了，他陪着孩子读书""他转行了，要准备二次创业"……其实同学们根据自己身边的情况，大致在彩虹图中找到了一些依据。图中这一时段，持家者和学生的角色明显加重了，说明此人的父母身份和学生身份的增强，这正是他们的父母所处的年龄段。我们的课程在带着孩子们认识自我的同时也在认识父母、认识社会。

高中生涯发展指导可以包括职业规划、升学规划和学业规划，既面向全体学生，又关注差异化指导，有感知生涯、认识自我、专业和职业、学业与升学等模块。这样的课程设置的特点在于，它关注高中生发展的全程，从对高中生活的适应性指导入手，逐层深入，使课程贴近学生实际，更具有指导意义。课程实践中，职业体验、社会调查、专业讲座等内容贯穿了高中学习的始终，且由学生自主选择他所关注的领域去探索。

实践中，这一课程开启的时间逐渐向前推移，从一开始的高二下学期到高一下学期，再到现在，被我校录取的学生在领到录取通知书的同时就会领到一本《树德学子成长手册》，生涯发展课程的实践就此展开。课程实施贯穿了高中三年，并以每周 0.5 课时的形式体现在了高一至高三的课表上，课程的实施得到了有力的保障。同时，课程实施中关注到了学生升入高中的适应性指导，使得生涯发展课程更具现实意义。

课程有学校行政推动，更有老师们的行动支持。

老师们申报了“高中生涯发展学科渗透课题”。在学校的学习生活中，学科学习占据着主体地位和绝大部分的时间，生涯发展课程作为一门综合性课程不能游离于其外，而应该与学科紧密结合，通过学科专业知识的学习进行渗透，把学科发展、国家发展和个人发展有机相连，从而帮助学生更为深刻地认识专业、认识自我和认识社会，学科教学成为生涯发展课程实施的重要阵地，学科教学与生涯发展教育相融合，生涯发展课程得以真正地接地气。学校构建了以项目式学习为特征的 STEM 课程中心，依托学科开设了交通课程、结构力学、数学建模、财商课程等以赛事活动、主题活动为载体的学习科目，为学生的生涯感知、专业体验提供了平台。

老师们带领学生走向社会。强调探究、体验的生涯教育与学科教育、心理教育共同形成一个和谐共存的课程系统，呈现出综合性特点。职业体验活动、职业考察活动都是让学生走向社会去亲身感知不同领域的特点，高校夏令营、高校游学等活动把学生送去体验不同的校园文化，各种调查研究又与综合实践课程中的研究性学习相结合，体现出某种田野研究的要素，生涯发展课程因此而生动起来。2016 级学生在中国工程物理研究所之行后说："杜博士年轻外表下、平静语气中有对科学事业的激情和对国防事业的担当。讲到从事的尖端精密仪器研发的各种细致的过程，他便滔滔不绝起来，语速加快，双目闪亮，同学们被科学家们追求卓越的精神而打动。"类似这样的感悟很多。

老师们担当起导师的责任。从学校的实情出发，建立一支专业的生涯发展课程师资队伍是有困难的。与学校原有的学业导师制相结合，我校对以班主任和心理教育教师为核心的教师队伍进行了校本化的生涯发展相关知识培训，在活动中深化教师对该课程的认识和理解，建立起基于高中生心智模式的特点、基于现有以行政班级管理为主、基于学科教学的校内导师模式，使课程的实施与高中生的学业紧密结合，导师对学生个体情况了如指掌，建立起了一种亲密的师生关系。学校也聘请校外各界人士担任成长导师，不定时和同学们交流，接受同学们的咨询，弥补校内导师的局限性。这样的组合解决了短期内学校专业师资缺乏的困难。

老师们主动去整合校内外资源。课程的实施需要强有力的资源支持，学校必须打破"围墙"，整合教师、家长、校友、高校、社区、企事业等各方资源，形成课程合力，为学生的课程实践提供充分的平台，才能使课程的实效得到保障。可喜的是，随着各界对高中生涯规划教育的重视，学校课程的实施得到了广泛的支持。家长主持的"职业微课堂"、高校资助的"专业讲堂"成序列地面向学生开设。各科研院所还为学生敞开实验室的大门，指导学生进行小课题研究，或者通过志愿者活动的形式提供职业体验的机会，让学生收获颇丰。尤其是高校非常重视"大中衔接"，积极参与到高中的课程建设中，为生涯课程的实施提供了有力的支持。西南交通大学的老师说："我们能为树德的孩子们做一些我们能做的事情，我们很高兴，也很荣幸。昨天，孩子们的表现非常棒！他们表现出来的自信、乐观，主动想办法解决问题而不是抱怨，让我看到了你们教育的巨大成功，真心向你们学习。很欣赏，也很敬佩你们在中学为学生开设这样的职业规划实践课程，如有需要我们一定继续支持，不是说是为了让他们报考交大，我个人觉得为祖国的这些未来之星们做点事，是我们教育的共同之责任！”

老师们的付出取得了回报：促进了学生的自我认知发展，学生“五力”素养得到提升，为学生树立正确的人生观、价值观打下了良好基础，体现出立德树人的教育担当。学生对学业的规划、管理能力不断提高，在升学决策、专业选择等方面的理性判断明显增强。

有家长在孩子毕业后发来短信：

“老师，向您汇报一下：孩子被录入哈工大英才学院航天自动化专业，本硕博连读。虽然孩子高考留有遗憾（681分），但他在志愿选择时的坚定让我深深地感受到他的执着。确实，每一个孩子都是不一样的存在，他放弃北、上、广、深那些极具地域优势的学校，一心向往哈工航天（甚至在公布调档线前两天，他还一度担心自己被录进北航）原因很简单：他认为自己是去读书的，机会来源于实力，见识更多地来源于知识的积累，他觉得城市不是他的首选。尽管我内心还是希望他去大城市，但最终还是尊重他的选择。北理英才本硕博连读的承诺书我们都拿到了，但他丝毫不动摇，九个志愿里没一个北理，南开、中山、武大他也不喜欢。这段时间我的内心也是满满的纠结，害怕他没选择好！但在他知道录取结果后，看他开心的样子，我就知道，他是真心喜欢哈工大航天学院！感谢老师三年的教育、关心与帮助！”

这就是对老师们最大的肯定和鼓励！老师们着眼于学生的终身发展，正视学生的个性化差异，真正走向了以学生的全面发展为指向的教育实践，建立起科学的教学质量观，为学生绘就自己绚烂的生涯彩虹打下了坚实的基础，也搭建起了沟通师生的心灵彩虹！

葵花心语

又到六月，校园里榕树葳蕤，栀子飘香，青绿的银杏和金灿灿的葵花相呼应。

今年的向日葵可来之不易。开学初年轻的心理健康老师沮丧地告诉我，今年的这批种子没发芽，都烂在土里了，看来是没法育苗分送各班了。

向日葵的传统也不知从何而来，我记得我当年所带的2002级3班迁入高三教室的时候，继承了板报上的一朵精致而硕大的向日葵，于是我们高三整整一年的板报，都有一朵金灿灿的葵花占据了三分之一的版面。后来陆陆续续就有了班级或老师的自发种植，渐成学校的一道风景。心理协会把它发展成了一项课程，作为我校箱庭园艺课程在高三的教学实践，心理健康老师们带着同学们选种育苗，然后分发到各班去培育，等到六月开花时候一盆盆地放在校园里，煞是好看。“葵花心语”课程就在几位年轻的心理健康老师多年的探索中丰富起来。老师们带着同学在种植中体验生命成长的过程，聆听花开的声音，感悟生命的律动。你看同学们留下的“心语”：《修正带的末路》《2B的春天和0.5的杀伐》《给李华的最后一封信》……葵花在同学们心中有了特别的含义。如果这批向日葵不能如约而至，估计大家心里都会空落落的。

而今银杏大道上这批怒放的向日葵来自高三家长们的大力支持。我们自己补种的向日葵也已经有了花苞。向日葵的花语中有一层含义是“沉默的爱，没有说出口的爱”，我想，这份沉甸甸的爱里面，有父母，有师长，也有学弟学妹们。

向日葵追逐着阳光，明亮坦荡，绽放着对梦想、对生活的热爱，勇敢地去追求自己想要的幸福。六月的骄阳下，我们高三的同学就要走进高考的考场了，向着自己的目标进发。

亲爱的同学们、老师们，首先我想说的是考试其实是我们生活的一种常态。人生总会经历很多考试，这些林林总总的考试，或考查我们知识掌握得是否准确清晰、能够创新，或考查我们的品性是否正直诚信、执着坚韧，或考查我们的智慧，是否懂取舍、善调整、顾大局……有的“惊天动地”，有的“悄无声息”，升学择友、成家立业，哪一个领域里不是遍布考场，对我们的人生产生或隐或显的影响。但却没有单独哪一场考试决定我们的人生。你坦然面对、积极应对，天堑如沟渠。你长吁短叹、抱怨连连，沟渠也会变成天堑。自信从容、坚忍顽强，在任何时候都是成功的心态保障。几天后的这场考试是我们当下的一次考验，它或许会影响到我们下一段旅程的选择，但旅程的设计总是可以有多样的安排，“条条道路通罗马”，不放弃总能殊途同归。这就是向日葵的信念和忠诚。

所以考试不是我们生活的全部意义。我们的初心是对美好生活的追求。追求的路途自然会有平顺有坎坷，有风和日丽，有雷雨交加，得意时不浮躁，失意时不绝望，喜悦时不放纵，愤怒时不刻薄，这就是向日葵的明媚和乐观。

芙蓉郭西，意气风发的少年即将远航，我愿你团结友善、勤劳果敢，广才成德为先；泛海航天，莫等闲抛洒了韶光，我愿你振兴中华、服务人群，把树德炬火煌煌相递传！

时光不语，静待花开！

我们为什么看重仪式

暮春时节，校园绿意盎然，小亭流水，宁静而安详。高大鲜红的成人门静静地矗立在操场一侧，飘舞的彩带和春风嬉戏。角落里，一位父亲正全神贯注地为儿子系领带，小伙子羞涩地左顾右盼。

500多位身着西服、职业裙装的少年走出教室，走下教学楼的台阶，走向操场上典礼的现场。朝气蓬勃，器宇轩昂。咱们高三年级的成人礼在这里举行。

远去了童年的烂漫，淡去了少年的轻狂，精心剪辑的视频让所有的人共同回忆、触摸那段成长的足迹。十八年间，孩子们的羽翼越来越丰盈、脚步越来越有力，傲立天地，铭记今天成人的时刻，仰望国旗，立下无悔的誓言："捍卫神圣宪法，维护法律尊严。履行公民义务，承担社会道义。国家昌盛为先，人民利益至上。乐群友善，勤劳果敢，孝敬父母，尊敬老师。泛海航天，创新精进，振兴中华，服务人群。以我壮志激情，创造崭新未来，以我火红青春，建设锦绣中华。"

妈妈仔细地为女儿别上成人徽章，父亲忍不住上前和母女俩紧紧拥抱在一起。

向父母深深地鞠上一躬，感谢十八年来深情的呵护与陪伴。收下父母精心准备的小礼物，收下学校赠送的火红的《宪法》，收下学长的千里飞鸿祝福视频，挽起父母，一起走过成人门。门的背后，是坚定的背影和充实的回忆；门的前方，是宽广的未来和任青春挥洒驰骋的舞台。师长将“梦想和担当、付出和回报、坚守和妥协”几组关键词赠予今天蓬勃的青年，希望年轻的眼眸里永远装着梦更装着思想，铁肩担道义，妙手谱华章。

L同学崴了脚，仍坚持拄着拐杖“走”过了成人门，妈妈认为成人礼对女儿来说是一个“新的起点”。W同学选择了汉服作为自己成人典礼的着装，以此表达对传统文化的珍重。一位家长为孩子准备了剃须刀，说剃胡子代表长大成人，今后身上将多一份责任；一位妈妈送了女儿一盒化妆品，说希望女儿永远能够热爱生活。

……

角落里，观礼的家长和老师热泪盈眶。

这是树德中学高三成人典礼的现场。

成人典礼的举行也有二十余年的历史了，逐渐演化成了高三的一个盛典，成为我们精心策划的一个品牌活动。这样的一场活动组织策划的复杂性是不言而喻的。

还记得当年我们的高三班主任们主动提出彻底改革成人典礼老旧的模式，在讨论中贡献出种种精妙的创意，兴致勃勃地向德育处提出方案，信心十足地表示我们的高三管理一定能收放自如。活动一经改造，其形式迅速被各兄弟学校借鉴。

我们为什么看重这些仪式？

我们想强调典礼主题的宏大和严肃。

成人典礼是公民教育的重要途径，也是促进青少年人格完善的重要途径。尽管学校的成人典礼设在高考前三十余天的节点上，却决不能视为高考动员会、誓师会。成人典礼引导学生站在国家和民族的宏大立场、站在整个人生历程的长远背景下思考理想和责任。我们以“铁肩担道义 妙手谱华章”为主题，就是希望同学们认识到“无奋斗不青春”，把“小我”的成长和成就和家国天下相联系，坚信天下兴亡“我”有担当，始终怀抱理想、逐梦而行，成人的深刻涵义是责任、奉献、奋斗、关爱、包容。

会场布置、成人门的设计、主题展板的构成、主席台就座嘉宾的安排、暖场音乐的选择，都传达出一种庄重而热烈、严肃又温馨的氛围。尤其是全体学生正装出席，身姿挺拔、形容秀丽，一改平时身着宽松校服的模样，为的就是感受成长为大写的人的这一刻。

我们想强调参与和共情。

放在高三的这个时刻还有着特殊的意义。此时距离高考仅有一个月的时间了，学生、家长都处于一种较为煎熬、焦灼的状态，这个活动的设计，把母子情、师生情、同学情、家校情联系在一起，既有高远立意，又一定程度上起到了化解考前焦虑的作用，所以每届的活动都受到了家长们的热烈支持。

比如全体高三学生参与会场布置，为自己的父母搬座椅。操场上孩子和父母们共计上千张座椅全部由学生从各处搬到操场上摆放整齐，结束后又搬回各处，整个过程有条不紊，现场很让人震撼。活动中，宣誓、收看视频、鞠躬、拥抱，再到携手父母共同走过成人门，各环节丝丝入扣、动人心弦，避免了让活动成为一种只是“聆听”的静态。

而作为另一个重要的参与者——家长，我们也为他们设计了很多活动细节，充分强调父母在孩子成人这一特定时刻的角色意识。从为孩子准备典礼服装、成人纪念礼物，到整理孩子成长过程中的影视资料、各班编辑成长足迹和父母祝福视频等，家长的拳拳心意尽情流淌，亲情由此而沉淀升华。

于老师而言，三年的朝夕相处，一个个青葱少年在师生亲密无间的合作中成了一群优秀的青年。看看他们，青春靓丽、阳光帅气，师者父母心，一样的激动和欣慰。

活动之后，校园又恢复了宁静，一种静谧之美、一份暖暖的情在无声地流淌，这就是教育的情怀。生活需要仪式感，让某一天或某一刻与众不同，这就是仪式感的内涵，而由此感受到内心的富足更是仪式感的价值。

镜头下的世界

大红地毯远远地铺排开来，鲜花、气球、彩带装点了长长的楼道，两侧三十余部作品的海报逐一在画架上展开。舞台上，灯光酷炫，大屏幕播放着入围影片的片头。

导演带着他的团队走来了，西装革履、长裙曳地。亲友团挥舞着荧光棒，各路小记者穿插于各剧组之间，闪光灯不时晃花了眼。

又是一年微电影节的盛典！虽然现场漏洞百出、笑点多多，可是一点儿不影响孩儿们的热情呢！

其实咱们的榕树奖微电影大赛才仅仅是第二届。这是我们心心念念好几年而今终于梦想成真的一项赛事！在树德中学蓬勃发展的历史上，我们得以有幸成为一项活动的开创者，在学校的历史长河中留下我们的印记，这就是我们的树德骄傲。

我们的微电影大赛以“榕树奖”命名，发端于我们全校师生最为喜爱的大榕树。几年前，一部同学们自发拍摄的《盛夏光年》以抒情写实的镜头为我们展示了生命成长的历程，记录下树德人奋斗的日常，引起广大师生员工的深切共鸣。这就是树德微电影的萌芽之作，学校至今保存。大榕树在 2003 年被种植在树德广场之侧，和树下的“德”字石雕相映成趣，每年在初夏时节经历一场蜕变，一夜之间吐露新绿，生生不息，希望长存，这就是树德精神的写照。

还记得去年的大奖作品《众生》用镜头表达了对生命的哲思，这是作者生命认识的觉醒，体现出树德人的生命关怀。我们会看到，在这项活动中，同学们不仅获得了创造力及审美观的提高，更是在感受、体验生活的过程中用美来感知世界、认识世界，把美的修炼和人的修养结合起来，丰满了性灵。镜头就这样成了沟通感性与理性、自然与人文、知识与道德的一个桥梁。艺术放飞青春热情，滋养品格、润泽心灵。

今天三十余部作品入围各类奖项，这个数目超出第一届三分之一。我们的同学间一直就藏龙卧虎，好几届学生自发组成创作团队拍过小片子，每年均有风云人物考上中国传媒大学等知名高校，每一届的戏剧节都有出人意料的精彩演绎，同学们的创作、创造潜力无限！契诃夫说，艺术给我们插上翅膀，把我们带到很远很远的地方。今日小荷初露，星光灿烂；明日芳华绽放，大道其光！

孩子们的获奖感言有板有眼。台下的老师们笑得脸上开了花儿，一切的辛苦都在这时候得到了补偿。

还记得我们初次提出微电影节的时候，大家愁苦为难的样子。我们尝试过依托语文组来策划电视散文，尝试过在校本选修课上创作微电影，但都是不了了之或无疾而终……当时我们是被什么困住了呢？

我们曾经纠结于课内的学业，认为这些活动会分散学生学习的注意力，挤占他们的学习时间，是属于“不务正业”，那时我们对于教育的“质量”认识还很肤浅，还没有能够从育人的哲学角度思考这一份工作。

我们曾经担心同学们的能力，认为同学们不具备拍摄影片的知识和能力，一部影片要能够杀青，需要好多的分工合作，还需要有技术方面的支撑，我们的孩子们能行吗？我们有太多的“不放心”和“不放手”，像老母鸡一样把孩子们团团护在自己的身边，可是，不经历这样的尝试和挑战，那些珍珠般的潜质和才能又怎么才能够展示出来呢？

我们曾经畏惧于活动带来的工作量的增长。活动的增多、活动的精彩都需要精心的组织和策划、精准的培训和指导，这必然带来相关同志工作量的大幅增长。我们为什么要这么苦这么累呢？这是现实世界中身负重荷的老师们本能的一种畏难。

我们其实是困于自身的教育眼界，是受限于我们对教育根本任务的理解。有人说，一切教育的目的地都是通向幸福。当我们认识到要培养美好生活的追求者和创造者的时候，那些困扰我们的问题都能够得到解答。

蔡元培先生将教育的方方面面比喻为人的生命整体的各个子系统，德育被喻为呼吸循环系统，美育被誉为神经系统，两者各为相对独立的子系统，又共同贯穿和塑造了完整的人格。怀特海也十分强调艺术教育的作用，他指出：在精神生活中，如果你忽视像艺术这样的伟大因素的话，那么你肯定会蒙受若干损失。我们的审美情趣使我们对价值有生动的理解，如果你伤害了这种理解，你就会削弱整个精神领悟系统的力量。如果仅仅是狭隘地致力于发展一种纯粹的智力，必将导致巨大的失败。

“青春活力德育处”

已经是快晚上11点了，“青春活力德育处”的头像不停地跳动，大家还在为明天社团嘉年华活动的细节进行推敲。就像他们自己取的群名片一样，“青春活力”就是他们的标签。

德育是青春的。德育处是青春的。一群年轻人兼领了处室的若干工作，各位干事实打实在“干事”。青春的特点是“常维新”，创新创造是他们的标志。这不仅仅是年龄带来的优势，更包含思维品质中求新求变的追求。

他们组建起两校两营。这是学生政治生活的重要载体。“两校”，即青年党校和青年团校。请来团省委的老师为同学们上主题团课、党课，凝聚了一批有梦想、有能力、有特长的同学，为其开设一系列素质拓展课程，如推荐参加新加坡国际青年学生领袖活动营、哈佛大学学生领袖峰会、全国中学生领导力大赛等，为精英学生的发展提供了国际视野和平台。“两营”即英才夏令营和英才游学营，是研学课程实施的主要载体，足迹遍及革命圣地、知名高校等。

他们完善了三大学生自治组织：学团两代会、学团组织、社团联合会。两年一期的“两代会”是学生组织参与民主政治生活的重要契机，严格按照代表大会程序召开。下设提案委员会，把对学校的建议和意见以提案方式书面上交学校行政部门，和学校进行沟通和协商，真正参与学校管理，促进学生民主、自由、平等、公正等核心素养的提高。厚厚的议案中，我们能够看到同学们主人翁责任感的增强，他们在学习不仅仅做一个批评者，更要做一个建设者。

青春是活动的。它不是呆板的说教、空洞的理论，而是在各种各样的活动中生动起来、鲜活起来的。怀特海说：教育只有一个主题——那就是多姿多彩的生活。快乐是激发生命力的一种正常而健康的方式。我们的教育理想就这样在活动中慢慢地实现。

他们创建了五大学生活动节，即体育节、社团节、艺术节、科技节、阅读节。这各种各样的“节”把所有的学生卷进来，让每一个孩子在活动中获得不同的角色体验，在实践中认知、明理和发展。比如，这些大型的节日多是从各班的海报展示拉开序幕，篮球宝贝助力赛事，各班的文创小组还会设计自己的周边产品，对班级项目进行营销，孩子们乐此不疲，参与的热情高涨。

他们搭建起“六个学生交流平台”，即树德潮、树德里、心灵之窗、树德校园电视台、树德新浪微博、微信公众号等校园媒体。这些媒体大多由学生自己维护，从策划、访谈、采编、写稿、排版、发行等环节全方位运营。通过六个交流平台，旨在愉悦学生身心，营造学生自由创造的天空，传承学校文化精神。“情系树德”公众号正是这样届届相传，每年的学长学姐祝福视频总是让我们心潮澎湃。

他们创新了七大校园典礼，即入学礼、开学礼、升旗礼、五四表彰礼、新年礼、成人礼、毕业礼。这些充满仪式感的活动让我们感受到每一个日子的与众不同，对生活的感激和热爱充盈在我们的心田。

青春是温情的。他们以敏感细腻的情思注入学生工作，褪去了德育训诫的生硬面孔。

他们健全了学生成长指导中心，以加强学生认识自我、自主发展、社会参与等方面的综合素养。下设三个分中心：

心理关爱中心：关注生命与生活教育。他们强调课程与活动共同浸润的作用，团辅与个辅相结合，咨询活动与课堂教学相结合。在高中三个年级开设心理健康课程，每年进行一次全面的心理普查，以《心灵之窗》、心理主题家校联系卡等宣传心育知识，以“心理活动周”深化学生的心灵磨砺实践行动，年轻的他们把学校建设成为全国首批心理健康教育示范校。

生涯发展指导中心：2013 年起，我校率先在省内开设高二年级生涯发展课程，进而又在 2014 年开始调整为从高一入校即开启。课程包括职业生涯规划的价值与意义、资源与职业观、目标与领域、行动与实践等四个模块，让学生从认识生涯规划、认识自我、认识专业和职业、初拟规划书等活动中积累经验，从而为自己的未来发展奠定基础。目前已在实践中形成了校本化生涯读本，构建起了较为完善的学校生涯发展课程体系，校内外贯通、理论与实践结合。

社会实践中心：社会实践中心依托 50 余个社团组织，组织学生实施志愿服务、社会实践等活动。突出实践活动的自主性与多样性，通过实践活动培育学生的社会实践素养，让学生走向社会、走向真知、走向大众，促进学生的全面发展。

他们推进了四大系列讲堂。四大系列讲堂始于 2011 年的学校讲堂系列课程，由“卓越人生”讲堂、美育讲堂、科学讲堂和人文讲堂组成。其中“卓越人生”讲堂着眼于理想信念、人生起航，学校邀请社会各领域的杰出人士、领袖人物主讲他们的人生故事，让同学们从中汲取成功人生必须具备的素养与品质、精神与信念，为学生的成长和发展注入不竭的动力。著名作家阿来、著名戏剧家魏明伦、著名诗人流沙河等人都曾做客树德中学“卓越人生”讲堂。四大系列讲堂意在拓宽学生的文化视野，丰厚学生的文化素养，引领学生的价值判断，发育学生的思想情操。

这是我们平均学历最高、平均年龄最小的团队，他们带来了德育处的勃勃生机，带来了变革的力量。我们有时间，有力量，有燃烧的信念，我们渴望生活，渴望在天上飞。对精神生长和心灵世界的高度关注是学校教育的重要使命，而我们的“青春活力德育处”正是在践行着这样的信念。

休闲的力量

最近，“996”工作制又“火”了。2019年3月27日，在程序员圈子里颇有名气的代码托管平台GitHub上，有人发起了一个名为“996·ICU”的项目，意为“工作996，生病ICU”，“996”即许多企业的程序员工作状态，从上午9点干到晚上9点，每周工作6天。“996·ICU”的发起人呼吁程序员们进行揭露，将超长工作制度的公司写在“996”公司名单中，这一项目得到了大量程序员的响应。在一周之内，华为、阿里巴巴、蚂蚁金服、京东、58同城、苏宁、拼多多、大疆……一个个互联网头部公司先后上榜。这个名单还在不断加长，多益网络、马上金融、游族等中小公司的名字也陆续出现，引发全民热议。

我们饶有兴趣地旁观，这个现象多像我们现在有些高中学校的做法哦：老师加班加点地教，学生加班加点地学，寒暑假节假日四处补课，没有双休只有“月假”，白天黑夜连轴转，为的就是“拼一载春夏秋冬，搏一生无怨无悔”。有人形象地称之为“做题机器”。“996”还不及咱们某些地区的高中学生辛苦呢！

业界大佬说：“今天中国BAT这些公司能够‘996’，我认为是我们这些人修来的福报。这个世界上，我们每一个人都希望成功，都希望美好生活，都希望被尊重，我请问大家，你不付出超越别人的努力和时间，你怎么能够实现你想要的成功?”“没有高考，你拼得过富二代吗?”我们不否认高考对于一个家庭、一个个体的重要意义，不否认奋斗对于人生的重要性，一个现象级的存在一定有它的合理性。但是，是不是所有的高中学校都需要这样做？是不是所有的学生都应该这样被培养？不同的学校应该有怎样的各自的担当?

有媒体说：强制加班不应成为企业文化，那种以牺牲员工的休息权和健康权为代价换取发展的企业文化，将很难有凝聚力和生命力。

休闲是一种成为人的过程，亚里士多德如是说。

休闲可以提升生活的幸福感。必须承认，明智地利用空余时间是文明与教育的结果。一个人一生中没有充分的闲暇，就接触不到许多美好的事物。从根本上说，休闲是一种有益于个人健康发展的内心体验。荷叶上滚动的露珠、野地里无名的小花、山谷中空灵的鸟啼、竹林里沙沙的风声、湖面上泛着波光的涟漪带给我们对于生命的理解和美的感悟，赛场上的奔跑、营地里的欢笑、攀登时的磨砺、音乐会上的演奏、博物馆里的探秘丰富我们的见闻、增进我们的友谊，让我们的心灵总能找到一个栖息的地方、净化的地方，这样成长起来的人更容易热爱生活。

教育是“慢”的艺术，需要遵循孩子成长的规律，从每个孩子的实际出发，提供适合的教育。短期的冲刺可以靠咬牙拼下来，但靠牺牲学生的正常生活与休息时间的发展不可持续，它不仅无益于青少年的健康成长，也无法迎来一个心智健全的未来。我们沦陷于“不能输在起跑线上”的喧嚣里，奔波在加班加点的路上，预支了未来生活的热情和精力，修炼出“佛系”青年的惰性，最终我们会迎来一个什么样的未来呢？只有学习没有生活，这样的状态下，对生活的幸福感又从何而来?

联合国《休闲宪章》指出：休闲是一种难得的使人崇高与成功的理想状态。

创新的事业呼唤创新的人才。我国要在科技创新方面走在世界前列，必须在创新实践中发现人才、在创新活动中培育人才、在创新事业中凝聚人才。休闲有助于保护和发展创造力和想象力，影响个人的未来成就和国家的创新发展。

1918 年，美国教育界将休闲教育列为中学教育的一条“中心原则”：每个人都应该享有时间去培养个人和社会的兴趣。如果能被合理地使用，那么，这种闲暇将会重新扩大一个人的创造力量，并进一步丰富其生活，从而使他能更好地履行自己的职责。有学问者的智慧来自闲暇。在闲暇中我们才能得以一种放松的心态、发现的眼光观察世界、探究自然，充分发挥自己的想象力和创造力。创新和智慧由此而生发开来。

据说在德国，孩子在幼儿园期间不允许教授专业知识。他们认为，孩子智力被过度开发并不是一件好事情，因为必须给孩子的大脑留下想象空间。过多的知识会使孩子的大脑变成计算机的硬盘，长此下去，孩子们就不会主动思考了。我们会看到那些重压之下的学生眼中没有光彩、身上没有活力，哪里还谈得上创新创造？我们在高强度的反复训练中得到了分数，又失去了什么呢？这个增长的分数是不是一定需要那样大的投入才能够获得呢？

那种集约化的学校、军事化的管理一直为人们所诟病，正是因为它剔除了生活中那些绚烂的小花，带来令人窒息的憋闷，似乎不把学生的每一分钟抓在手上老师们就不放心。可是，我们的实践证明，真的可以不用占用学生那么多的时间，张弛有度可以带来更好的效果。

自 20 世纪 80 年代以来，我校就有着高三停课自习的传统。每次大考前我们都会安排学生停课复习，每次时间从一周逐渐延长到三周，学生并没有因为老师少讲了内容而受到影响。从2015年以来，我们又大大减少了高三补课的时间，保证每周日全休、所有法定的节日全部休息，控制寒暑假补课不超过三周，减少年级统一测试的频率，严禁占用自习课，保证体育课、心育课的实施。老师们在忐忑中发现学生的成绩并没有因此而下降，反而在心态上更为从容，自主规划更为贴近实际。

休闲的力量作用于老师也是如此。智慧和眼界、深邃和渊博、灵动和敏锐都源于体验、观察、阅读和思考。学校原本就是一个相对比较封闭的环境，如果老师们对社会发展的感知、对生活乐趣的体悟不足，又怎么能带出热爱生活的孩子呢？健康休闲已然成为老师们生活的重要内容。“慢慢走，欣赏啊！”

自由的要义

据说在成都周边的某个城市也要建一所“衡水中学”了，正在紧锣密鼓地招兵买马。在大众普遍的认知里，这些学校特别讲究秩序，事事讲究“整齐划一”，制定了细致的“学生守则”“校规班纪”，对学生的作息严格控制，强调听话和服从。

反叛源于对禁锢的愤怒。这种表面上的整齐，其实是对学生个性与人身自由的一种漠视，是对创造活力的一种桎梏。一项调查显示，将近95%的受访者觉得当前盛行的“标准答案式教育”带来了很多弊端，比如：会使青少年变得机械化；孩子们的好奇心和创造力被压制，失去想象力；影响孩子独立人格的形成等。“教育就是解放心灵”，同学们呼唤校园里的自由。

马克思非常看重自由时间在人的存在与发展中的作用，认为它是实现人的自由活动和全面发展的根本条件。这种自由是从时空的从容到管理的从容，进而带来身心的从容，而禁锢和制约则会带来逆反和愤怒。

瑞士钟表匠布克从自己的切身经历认识到：一个钟表匠在不满和愤懑中，要想圆满地完成制作钟表的1200道工序，是不可能的；在对抗和憎恨中，要精确地磨锉出一块钟表所需要的254

个零件，更是比登天还难。正因为如此，布克才能大胆推断：金字塔这么浩大的工程，被建造得那么精细，各个环节被衔接得那么天衣无缝，建造者必定是一批怀有虔诚之心的自由人。难以想象，一群有懈怠行为和对抗思想的奴隶，绝不可能让金字塔的巨石之间连一片小小的刀片都插不进去。金字塔的建造者，绝不会是奴隶，而只能是一批欢快的自由人。布克后来成为瑞士钟表业的奠基人与开创者。瑞士到现在仍然保持着布克的制表理念：不与那些强制工人工作或克扣工人工资的外国企业联合。他们认为：在过分指导和严格监管的地方，别指望有奇迹发生，因为人的能力，唯有在身心和谐的情况下，才能发挥到最佳水平。

我对“听说听教”的要求很为反感，它透露出一种控制、压制的意味，带着为师者的一种霸权。我们有怎样的自信才能保证自己没有失误？那些质疑的火花、大胆的揣测、灵机一动的实践可还有生存的空间？

我对无限度的“以小见大”很反感，虽然有“三岁见老”的老话，但是“上纲上线、无限拔高”却会带来恐怖的效果。我曾听说过要求学生写2000字检讨书张贴的，动辄就停课请家长的。是不是一定要用这样的手段才能达到“触及灵魂”的效果？

我对禁止学生参与学生会、社团等活动很反感，那样的教室就如同囚笼。对生活的热爱、对人生的热爱源于他所感受到的生活的热度、生命的温度，没有这样一个多姿多彩、缤纷绚烂的世界，他如何成为一个有温度的人？

高压之下不会孕育出高贵的灵魂。

我们的教育追求的是什么呢？不就是人的长远发展、健全发展吗？曾有斯宾塞提出教育的目的应是为完满的生活做准备，我校提出“培养美好生活的追求者和创造者”。

如果我们真心认同这种教育目的，那么，我们就会去营造自由从容的物理空间，在环境文化建设中做好“留白”、减少隔断，简洁通透、开放雅致，避免压抑和局促，把心灵引向通透明亮。我们的教学设计和班级管理方面就更会有所体现。我们会去关心学生幸福的获得感，会去倾听他们内心的呼唤，会去帮助他们发现自我、发展自我，促进健全的个性发展，增长他们发现美的能力。

之所以关注这个主题，是因为这是学校建设的出发点和归宿点，从某种意义上说，就是学校生存理由、生存动力、生存期望的有机构成。怀特海说，自我发展才是最有价值的智力发展。这就要求我们的目标是要塑造既有广泛的文化修养又在某个特殊方面有专业知识的人才，他们的专业知识可以给他们进步、腾飞的基础，而他们所具有的广泛的文化，使他们有哲学般的深邃，又有艺术般的高雅。

抗战期间的西南联大流行着一副对联："如云如海如山，自如自由自在。"这使西南联大人在政治、经济压力下仍然能够坚持不懈地追求民主、学术自由、思想多元化，以及对不同意识形态和学术观点的包容。正因如此，才会有那么多的大师照亮了时代的天空。

闲书别解

有这样几位初三学生：孙悟空、哈利·波特和郭靖。你最喜欢哪一个？最想把哪一位招进咱们高中来？

孙悟空：中考成绩最高，贪玩好耍多动症，基础不牢，但是他天资好、悟性高、情商高啊。他由灵石孕育而生，一路闯祸不断、打怪升级。做他的老师首先就得收服他，获得他的认可，这可不容易。菩提祖师是他的第一个师傅，教他文明礼仪，传他七十二变、筋斗云等，把他培养成了一个实打实的博士。博士后到了唐僧那里做西天取经的项目，唐僧没有这些法术本领，但有慈悲坚韧的“行为世范”，更有紧箍咒确保方向，生生带出来一个斗战胜佛。

哈利·波特：看似乖巧、精神专注，自带光环，被寄予厚望，属于只能成功的那种学生。内心有压力、有胆怯还有些小坏，背负着战胜伏地魔拯救全世界的宿命，一紧张伤疤就会隐隐作痛。众多巫师界的精英密切关注、小心呵护、精心指导，终于成就了他的辉煌。

郭靖：资质不高，但是特别勤奋，最是“跟、信”老师，行为习惯没有问题，心理素质也好，有远大理想和百折不挠的毅力。一路都是名校名师保驾护航，最终也成为名动天下的大侠。

你最想招的是哪一位？是不是想着最好综合一下，既有孙悟空的天资，又有哈利·波特的聪明乖巧，还要有郭靖的顺从皮实？

有老师很是兴奋接手了孙悟空。这样天赋异禀的学生教起来该是多么愉快轻松的事啊，一点就通，一说就悟！

要知道孙悟空可是抱着要学“长生不死之术”的目的来的。这种高远的抱负、强烈的动机你可认同？“基础不牢，地动山摇”，就凭那点小聪明就想一步登天？孙悟空是不走寻常路的，菩提老祖也只规范他的行为习惯却不拿条条框框来约束他。秩序井然的课堂上祖师开讲大道，真个是天花乱坠，地涌金莲。孙悟空听得抓耳挠腮、眉开眼笑、手舞足蹈。祖师没有请悟空去站墙角，也没有斥责，只是问孙悟空道：“你在班中，怎么癫狂跃舞，不听我讲？”悟空道：“弟子……喜不自胜，故不觉作此踊跃之状。”菩提老祖走下讲坛敲了孙悟空三下、背手关门而去，反而有了为孙悟空开小灶的后话，孙悟空是越学越爱学。

先有动机驱动，再注意呵护学习的兴趣，鼓励大胆尝试、越阶挑战，帮助、引领学生进入真实的学习境界。越是优秀的学生个体的需求可能会越强烈、个性可能会越张扬。我们要能够包容这样的学生，更要有折服他的“干货”。

做不了菩提老祖我做唐僧不行么？那可是要带博士后的水平啦！

有老师可能最不愿意碰上郭靖。“你们是我遇到的最差的一届！”“唉，真是一代不如一代啊！”总是觉得学生差。

郭靖是由江南七怪启蒙的，一直教了他十几年。可是他们的目标定位于和丘处机一较高下，争的是自己的面子。这就迷失了教育的本质，失去了平常心。在高考学科的教学上，他们个个尽心尽力地从难从严、高频率快节奏，郭靖越学越笨，在半期考试输了后达到了极限。好在郭靖没有抑郁，马钰道长主动上门家教补内功心法的基础，郭靖白天晚上连轴转也只能略有起色。后来遇到洪七公因材施教，传授对了路的降龙十八掌，一掌一掌地过关，每一步都走扎实了才走下一步，这才最终成就了郭大侠。这就是一个普通人的成长经历啊。

确立每一阶段最适当的教学目标，用每一个阶段的任务达成来推动学生的进阶。不要人为地用“挫折”“失败”去打击学习的热情，甚至依靠高难度的考试来建立学科的权威，要能够化繁为简、深入浅出把基础打扎实。

你想教哈利·波特吧？选课走班他可能不会选你呢。

哈利·波特心思细腻、骨子里倔强，拒绝了最适合他的斯莱特林，可是走班教学模式下教学班和行政班相结合、书院制管理和传统模式相结合，他遇到了各种各类的老师。好多的老师关注哈利·波特的成长，随时地开导、点拨、谈心、闲聊，师生情感的交融对他心理健康发展起到了重要的作用，各种各样的活动让他找到了归属，即便是“大反派”斯内普教授原来也忍辱负重、最为勇敢地保护着他。这个孤儿得以在一个爱的环境中成长而不孤独。这里的老师都有着双导师的能力，有着专业能力与时俱进、专业知识不断迭代更新以随时和伏地魔决战的自觉。

其实啊，这三类学生在我们周围都有，可是我们的教育区别了他们的不同吗？注意到了他们的学习基础、认知习惯、心理情绪等方面的差异了吗？

我们似乎还忘了一个问题：我们是哪一类的老师呢？我们自身的教育能力能够教哪一位？我们有没有觉悟去不断地加强自我修炼，提升我们的段位，迎接拔尖创新人才早期培养对我们的挑战呢？

虽然看的是闲书，思考可以不闲着。

神奇的分院帽

还记得霍格沃茨魔法学校的分院帽吗？麦格教授拿出一顶尖顶巫师帽，全场掌声雷动，气氛异常的热烈。分院仪式是每年霍格沃茨魔法学校新生都必须进行的重要仪式。在大礼堂全校师生面前进行，由分院帽负责将学生分到格兰芬多、赫奇帕奇、拉文克劳和斯莱特林四个学院。

那顶磨得很旧、打着补丁，而且脏得要命的尖顶巫师帽，蹦蹦跳跳地唱着歌：

“来戴上我吧！不必害怕！千万不要惊慌失措！在我的手里（尽管我连一只手也没有）你绝对安全，因为我是一顶会思想的魔帽！”

这是一个很有趣的场景，同时也很有深意。可别小看这个破烂的分院帽，它可是充满智能、会思想的魔帽，能看出学生具备何种才能，从而将学生分到适合他们的学院。那么，分院帽的“思想”是什么呢？我们不妨来解读一下其中蕴含的教育原理。

首先是“洞察学生，发现差异”。

“你们头脑里隐藏的任何念头，都躲不过魔帽的金睛火眼，戴上它试一下吧，我会告诉你们，你们应该分到哪一所学院。”

教育目标的首要来源就是学习者本身。作为教育者，了解受教育者是理所当然的，这正是所谓的掌握第一手的学情。学情分析是伴随现代教学设计理论产生的，是教学设计系统中“影响学习系统最终设计”的重要因素之一。作为独立的受教育的个体，他们的身心特点、能力水平、兴趣习惯、知识储备、认知倾向以及实际需要等都各不相同。深入地了解他们，敏锐地捕捉到这些信息，明白他们的现状，才能为我们后期的工作打下坚实的基础。

当然，要了解学生当然不可能如分院帽那样轻巧搞定。一要有“亲密接触”，深入学生群体中去；二要练就“金睛火眼”，能够发现学生现状和公认的常模之间的差异。

其次是“尊重差异，因材施教”。

“你也许属于格兰芬多，那里有埋藏在心底的勇敢，他们的胆识、气魄和豪爽，使格兰芬多出类拔萃；你也许属于赫奇帕奇，那里的人正直忠诚，赫奇帕奇的学子们坚忍诚实，不畏惧艰辛的劳动；如果你头脑精明，或许会进智慧的拉文克劳，那些睿智博学的人，总会在那里遇见他们的同道；也许你会进斯莱特林，也许你在这里交上真诚的朋友，但那些狡诈阴险之辈却会不惜一切手段，去达到他们的目的。”

多元智力理论（Multiple Intelligences）也告诉我们，每个人都至少具备语言智力、逻辑数学智力、音乐智力、空间智力、身体运动智力、人际关系智力、内省智力和自然智力。不存在单纯的某种智力和达到目标的唯一方法，每个人都会用自己的方式来发觉各自的大脑资源，这种为达到目的所发挥的各种个人才智才是真正的智力，造就了人与人之间的不同。差异是客观存在、天然存在的。不同的学生个体之间有差异，同一个体在不同的发展阶段也有差异，不同的学生群体之间也是有差异的。这些差异不是课堂教学的困惑与阻力，恰恰是教师指导的出发点，是课堂教学的原动力。我们要做的就是“因材施教”，用最适宜的方法来教化，避免像流水线生产那样量产一模一样的产品。

再次是“尊重选择，满足差异”。

分院帽发现哈利·波特具备格兰芬多的特点，同时又更符合斯莱特林的特质，那么为什么哈利·波特可以不去斯莱特林呢?因为小朋友内心有着强烈的去格兰芬多的愿望。分院帽在告知他可能会失去一些机会后，尊重了他的选择。

教育的目的在于促进“人的自由而全面的发展”，这里的“自由”指每个个体的体力、智力在全面发展的基础上能够自由运用，其全部的智慧、力量和潜能素质都能尽量发挥。学生要自由发展就需要教育尊重学生个性，关注学生在发展层次和喜爱类别上的差异，从而引领学生自主发展与特色发展。

多样化选择是必然的。新一轮考试招生制度改革，带来对课程和课堂的冲击。不同学生选择的科目会有不同，分类走班将成必然。同一科目，有的学生会将其作为选考科目，有的学生则会将其作为学考科目。一科多考，如果学生一次性考过了，我们的课堂能否为他提供后续发展所需的特供内容?分层教学、分层走班也成为必然。新的课堂如何组织才能满足学生多样化的成长需求?

我们正在进行着“分层+分类”的教学实践。我们希望今天的课堂能够为学生提供分层分类的多样化、个性化选择平台。

针对中等学生，我们开设了“发展性课程”。“抓两头促中间”的传统做法，带来对中段学生实质上的忽视，这是一种“中等生陷阱”。

针对有文科潜质的学生，我们开设了文综深度学术课程。其他选修兴趣发展课程的学生则自主选择兴趣模块。

针对禀赋出众的学生，我们引入CAP课程、英才学院课程。

我们的尝试推动我们的思考。我们看到现有的课堂上不能完全满足学生的需求。我们以行政的手段调整学生的选择，学生却不时用脚来投票。我们还需要不断去完善。如果我们把学校建设得像霍格沃茨魔法学校一样具有非凡的吸引力该是一件多么美妙的事啊！

后　　记

成都的秋天总是很短，桂花却还是如约而至，校园里氤氲着一种甜蜜的温馨，我提笔写下这篇后记，心中充满感慨。

2020年是特殊的一年。抗疫工作贯穿始终，我们一直为守护校园的健康安宁而努力。在这一场伟大的抗疫战争中，教师这个群体毫不犹豫地化身为网络主播，火热地展开线上教学，停课不停学，全时段咨询辅导，返校复课后的常态化防疫、对孩子们身心的关爱……这些都为维护社会的安全稳定、为孩子们的学业进步做出了卓越的贡献。这个群体，也是新时代最为可亲可敬的人们！

2008年“5·12”地震的时候，这个群体也是在关键的时刻勇敢担当。我亲眼看到了老师们在余震中对学生的守护、对校园的守护，而顾不上自己的小家、自己的娃。这些可亲可敬的人一直给予我深深的感动，也让我对教师这个职业充满敬意。

不知不觉，我已经在树德中学工作接近30年了。我看到树德中学日新月异的发展，是树德中学这片沃土滋养了我、成就了我，它见证了我从青涩懵懂走向成熟理性。每每看到一批批新人加入这个团队，我就由衷地感到激动，我在他们的身上看到自己的青春岁月，我愿意和他们分享那些岁月里的点点滴滴，守护校园的美好和教育的温暖。这是一种幸福的味道。

这个集子由近十年来的各种写作、发言汇总而成，多为分管工作中的思考。文章的风格甚为不一，思考也不够严谨，从学理上来看有着诸多的毛病。可是我还是挺珍惜的，这是我成长的印记。

我向来钦佩坚持写作的人，可是律已却不甚严格，写作也就颇为随心而动了。最早的时候喜欢在百度空间写博客，百度空间改版后经历了一次搬家，新空间逐渐就废弃了。后来又在新浪博客上安了家，多用来收集、存放些资料，写作时有时无，也不以为意。

可是，我竟然有机缘得以把这些零零散散的文字收录成册！近年来成都教育在教师队伍建设方面持续发力，有着若干务实的创新举措，更是搭建起未来教育家、未来名师、领航校长等助力教师发展的高平台，引领着“高素质、专业化、创新型”教师队伍的成长！感谢“成都教育丛书”这个项目的支持！而在这个过程中，市教科院的老师们精心组织和全程跟进、导师的点拨和鼓励令人感动，感谢他们一路的陪伴和支持！

感恩所有给予我帮助的人！感恩所有一路偕行的人！愿山河无恙、岁月静好、阖家安康！

李红鸣
2020. 9